Kapitel 1

Sie schlug ihre Augen auf. Verwirrt sah Liv sich um. Vorhin noch war sie in ihrem Bett eingeschlafen und nun ... Ja, was nun? Sie saß auf einer düsteren Straße. Erst nach erneutem Hinsehen erkannte sie, wo sie war. Es war die Allee, die am Rande ihrer Heimatstadt lag. Außerdem war es schrecklich kalt. Liv sah an sich herunter. Ihr Schlafanzug, den sie vor dem zu Bett gehen angezogen hatte, war verschwunden. Stattdessen trug sie ein schwarzes Trägertop mit einem Spitzenmuster, das in die Schulterträger eingearbeitet war und eine graue Jeans sowie ihre dunklen Turnschuhe. Ihre Gedanken schweiften wieder zu der aktuellen Situation.

„Ein Traum!", schoss es ihr durch den Kopf. *„Es muss ein Traum*

sein! Ich muss nur aufwachen, mehr nicht!"
Sie setzte sich hin, schloss die Augen und ... Nichts!
„Ok", beruhigte Liv sich selbst. *„Noch ein Versuch und dieses Mal klappts!"*
Da es ihr ein mulmiges Gefühl bereitete, mitten auf der Straße zu sitzen, stand sie auf und setzte sich zwischen die Bäume auf den Bordstein. Das Mädchen nahm tief Luft, versuchte, ruhiger zu werden, und schloss erneut die Lider. Ein markerschütternder Schrei ließ sie ihre Augen wieder aufreißen. Livs starrer Blick richtete sich nach oben in die kahlen Baumkronen. Die Bäume hier waren dunkler als die in ihrer Welt. Außerdem schien nicht einer von ihnen je ein einziges Blatt an seinen Ästen getragen zu haben.

Kein Laub war auf dem Boden zu sehen. Dass jemand so penibel war und hier alles Laub aufgerafft und entsorgt hätte, vermochte Liv sich nicht vorzustellen. Sie stand auf und sah sich um. Alles schien dunkel, trostlos und verlassen. Erneut ertönte ein Schrei. Angsterfüllt presste sie sich an den Baumstamm und sah sich mit vor Angst weit aufgerissenen Augen um. Sehen konnte sie jedoch nichts. Rasch wanderte ihr Blick über die Landschaft. Unweit ihres Aufenthaltsortes stand eine Hausruine. Schnell raffte Liv sich auf, rannte zu den Ruinen und versteckte sich im Schutz einer Mauer. Sie beäugte ihr Versteck, nachdem sie sich sicher genug fühlte. Es war eine bröckelige Mauerecke, welche eine Außenwand des Hauses gewesen war,

zumindest zeugte ein Fensterrahmenrest inmitten der Mauer davon. Leise und mit einem genauen Blick scannte sie weiter ihre Umgebung ab. Erinnerungen erschienen vor Livs innerem Auge. Sie sah sich selbst mit ihrem Freund Sam, wie sie frisch zusammengekommen waren.
„Was sind das für Ruinen?", hatte Liv wissen wollen , während sie auf dem Weg zu Sams Zuhause gewesen waren.
„Es war ein altes Haus", hatte er seine Erzählung begonnen. „Es stammt noch aus der Zeit vor dem Ersten Weltkrieg. Es hatte die Verwüstung durch Bomben überlebt und dann wollte keiner mehr darin wohnen. Da es so alt war, durfte man es auch nicht abreißen. So ist es sich selbst überlassen worden und mit der Zeit zerfallen. Die paar Außenmauern,

die noch stehen, sind die letzten Überbleibsel, die noch an das Bauwerk erinnern."

Sie waren zwischen die Ruinen getreten und hatten sich umgeblickt.

„Es ist wirklich faszinierend", hatte Liv gesagt.

„Was meinst du?", hatte Sam sich erkundigt.

„Der Schulstoff möchte einfach nicht da oben rein", sprach sie und tippte sanft gegen Sams Schläfe. „Und solche Dinge setzen sich in deinem Hirn fest wie Parasiten."

Er hatte sie an den Hüften genommen und im Kreis geschleudert. Sie hatte gelacht und vor Freude gequietscht, bis er sie heruntergelassen und zärtlich auf den Mund geküsst hatte.

Die Tränen stiegen Liv in die

Augen. Sie vermisste Sam, sein warmes Lachen, seinen Geruch und das Gefühl, wenn seine langen Haare über ihr Gesicht strichen. Sam! Livs Kopf schoss hoch. Sein Haus war nicht einmal einen Kilometer von hier entfernt. Eine neue Hoffnung keimte in ihr auf. Keine Schreie waren mehr zu vernehmen. Sie sah sich um, entdeckte jedoch nichts. Auf dem Boden erblickte Liv weiße Geflechte. Was war das? Eine Erinnerung durchzuckte sie. Es waren Pilzgeflechte. Doch wieso überzog es fast den kompletten Boden, Teile der Bäume und der Ruine? Sie konnte sich keinen Reim darauf machen. Das Einzige, was ihr durch den Kopf schoss, war, dass das Geflecht sämtliche Pilze miteinander verband und so alle Informationen und Bewegungen an eine Zentrale weitergab.

Sicherlich waren diese Gedanken wieder zu weit gesponnen, wie es ihr gelegentlich passierte, aber dies war eine recht ungewöhnliche Situation. Es fröstelte Liv erneut. Sie hatte den Gedanken an die Kälte die ganze Zeit verdrängt, doch das gelang ihr nun nicht mehr. Mit dem Ziel sich aufzuwärmen, beschloss sie, so schnell wie möglich zu Sams Haus zu laufen. Sie versuchte, auf ihrem Weg auf keines der Geflechte zu treten.

Kapitel 2

Sam stand vor Livs Spint. Wo war sie bloß? Normalerweise war sie immer überpünktlich in der Schule oder schrieb ihm, ob er sie mitnehmen könnte. Letzteres war momentan nicht möglich, da es seit dem vorigen Abend im kompletten Dorf und der Umgebung keinen Internetempfang mehr gab.

„Hey Sam!", riss ihn eine ihm bekannte Jungenstimme, von der er erst nicht wusste, zu wem sie gehörte, aus seinen Gedanken. Sam schaute zum Ausgangspunkt der Stimme und erblickte Livs besten Freund.

„Hi Liam, wo ist Liv?", fragte er den anderen direkt.

„Das wollte ich dich gerade fragen! Sie war nicht im Bus. Schreiben konnte ich ihr nicht. Das Internet ist tot", entgegnete Liam mit schneller Stimme.

Sam nickte. Ab und an war es ihm sauer aufgestoßen, dass Liv so viel Zeit mit einem anderen Jungen verbrachte und so oft mit ihm schrieb. Außerdem war es ihm unerklärlich, wie sie mit dem Kapitän der Fußballmannschaft der Schule so gut befreundet sein konnte. Alle von ihnen waren Sams Meinung nach eingebildet und eitel. Doch Liv sah etwas in dem Jungen, den sie als ihren besten Freund bezeichnete.
„Er kann so anders sein, als er sich gibt", hatte sie einmal erläutert, nachdem er sie darauf angesprochen hatte. „Liam ist witzig und fürsorglich. Sein Verhalten ist nur Fassade zum Schutz davor, verletzt zu werden."
Sam hatte dies kaum nachvollziehen können, aber nichts mehr erwidert, um Liv

nicht zu verletzen. Er liebte ihr Vertrauen in das Gute im Menschen.

„Hey Jungs!", drang da eine weibliche Stimme in seinen Gedanken.

„Liv?", fragten beide verwirrt wie aus einem Munde.

„Ja, wer sonst?", wollte diese wissen.

Sie trat zu ihnen, drückte Sam einen Kuss auf den Mund und knuffte Liam die Schulter. Die beiden Junge sahen sich verwirrt an. Was war mit Liv los? Normalerweise verhielt sie sich anders, zurückhaltender. Sam kannte nur sanfte Küsse von Liv und warme Umarmungen, keine kalten Schmatzer. Die Klingel ertönte.

„Naja, dann vielleicht bis später!", rief Liv und setzte sich in Bewegung.

Sobald sie weg war, drehte Liam sich zu Sam und fragte: „Was war das denn?"

„Ich habe keine Ahnung!", entgegnete Sam, der immer noch recht perplex in die Richtung starrte, in die Liv verschwunden war.

„Wir sollten nachher mit Sascha sprechen. Vielleicht weiß sie, was los ist."

Sam nickte. Dies hielt er für eine gute Idee. Eventuell hatte sie ein Problem, worüber sie mit einem Mädchen besser reden konnte.

Schweigend trotteten sie in ihre jeweiligen Klassenräume. Die Konzentration auf den Unterricht war dahin, da sich die Gedanken der beiden um Liv und ihr seltsames Verhalten drehten.

Kapitel 3

Der Gong ertönte zur ersten großen Pause. Sascha, die vor dem Unterricht keine Möglichkeit hatte, mit ihrer besten Freundin zu reden, schritt zielgerichtet auf Liv zu. Diese war schon regelrecht von ihrem Platz aufgesprungen und rannte zur Tür. „Hey Liv!", rief Sascha, aber diese reagierte nicht. „Liv?" Immer noch erfolgte keine Reaktion. Um alle Zweifel auszuschließen, rief sie schließlich: „Olivia!"
Die Andere blieb augenblicklich stehen und ruckte herum. Ihre Freundin sah zu Sascha. Anfangs sah sie sehr verwirrt aus, doch dann strahlte sie ihre Freundin an.
„Oh, hi Sascha!", sagte sie. „Sorry, ich musste gerade mal raus. Die Stunden haben mich

fertig gemacht. Ich glaube, ich brauche erst einmal ne Zigarette. Hast du vielleicht eine für mich?"

„Nein, ich rauche nicht", sagte Sascha perplex und dachte nur *„Und du auch nicht!"*

Liv zuckte bloß mit den Schultern.

„Egal, ich gehe zur Raucherecke. Dort wird sicherlich einer eine Zigarette für mich übrighaben", sagte sie und marschierte davon.

Sascha ging ebenfalls mit schleppendem Gang raus und hielt Ausschau nach Sam und Liam. In einer unbeobachteten Ecke stieß sie auf die beiden.

„Hey Jungs", rief das Mädchen schon von weitem.

Sam und Liam zuckten nervös zusammen.

„Sascha, hast du uns erschreckt", sagte Letzterer leicht

theatralisch.
Sam schaute sich etwas nervös um und fragte: „Wo ist Liv?"
„Rauchen!", gab Sascha zurück.
„Was?", riefen die beiden Jungs wie aus einem Munde.
„Ja, das dachte ich auch", entgegnete Livs beste Freundin.
Sam schüttelte den Kopf. Liv, die ihm jedes Mal die Zigaretten aus dem Mund genommen und gesagt hatte: „Ich will noch länger etwas von dir haben. Außerdem schmecken Küsse von Rauchern ekelhaft!" Sie redeten von Liv, die jede Zigarettenschachtel wie ein Spürhund fand und sie einsteckte, um sie im Anschluss weit weg zu entsorgen, dass der Besitzer sie ja nicht mehr finden würde. Ihre Methode hatte Früchte getragen. Sam hatte deshalb mit dem Rauchen aufgehört. Auch wenn es eher der Frust über das

andauernde Verschwinden der Schachteln und des damit aus dem Fenster geworfenen Geld waren, als dass er es aus gesundheitlichen Gründen getan hätte.

„Sie verhält sich echt seltsam", warf Liam ein.

Die anderen beiden nickten zustimmend.

„Was machen wir jetzt?", fragte Sascha nach einer Zeit des Schweigens.

„Wir sollten mit ihr reden", meinte Sam.

„Aber nicht hier", sagte das Mädchen. „Wir sollten an einen ruhigeren Ort gehen!"

Das fanden alle gut. Sie beschlossen, nach dem Unterricht gemeinsam mit Liv zu Sam zu laufen.

Kapitel 4

Nur noch ein paar Meter, dann hatte sie es geschafft. Liv hatte sich bemüht, die Geflechte nicht zu berühren. Gleichzeitig hatte sie sich immer wieder hinter Bäumen, kleinen Büschen oder vermodernd wirkenden Haltestellenhäuschen versteckt und sich umgesehen, doch nirgends schien auch nur ein Zeichen von Leben zu sein. Jetzt hatte sie eine längere Strecke vor sich, auf der es keine Versteckmöglichkeit gab, bis sie Sams Haus erreichte. Liv nahm tief Luft, sammelte all ihren Mut und fing an zu rennen. Schnell und doch aufmerksam bewältigte sie den Weg. Der kalte Schweiß lief ihr den Rücken herunter. Sie hatte Angst. Panisch rüttelte sie an der Klinke der Haustür. Das Haus war unverschlossen. Liv riss sie auf, stürmte rein, verriegelte die Tür von innen und rannte weiter in den Keller. Im Untergeschoss gab es bloß zwei Türen, die von dem kleinen Flur abgingen. Hinter der rechten lag ein Lagerraum, wo Sams Tante für die schlechten Zeiten Massen an Vorräten hortete. „Es könnte ja mal unerwartet zu einer Krise kommen", hatte Sam seine Tante damals zitiert und seine Augen leicht verdreht. Liv musste bei der Erinnerung daran lächeln. Doch wischte sie sich schnell die Gedanken aus dem Kopf und öffnete die Tür, welche dem Vorratsraum direkt gegenüber lag. Dort erstreckte sich Sams Reich. Der Raum war an der langen Seite zu ihrer linken mit Holz vertäfelt. An dieser stand ein Sofa. Die gegenüberliegende Wand, sowie die beiden kurzen waren mit Rauputz verputzt. Liv stürzte sich in den Raum und drehte den Schlüssel um. Sie lief durch die sich zu ihrer Rechten befindliche Tür, hinter welcher Sams Schlafzimmer lag. Dort begab sie sich zum Schrank, nahm einen Kapuzenpullover und eine Jeansjacke heraus und zog beides an. Dann griff sie sich ein Shirt und marschierte zurück in das Fernsehzimmer. Dort schnappte sie sich aus einer der Schublade der Kommode unter dem Fernseher, welcher links neben der Schlafzimmertür hing, den Tacker, klappte den Bodenteil nach hinten und tackerte das Shirt vor das Glas das Fensters an die Holzumrahmung. Zwar war ihr nichts und niemand begegnet, aber sie wollte nicht riskieren, dass sie doch entdeckt wurde. Voller Angst kauerte sie sich auf das Sofa, verkroch sich unter der

Wolldecke. Was sollte sie jetzt tun? Nach einer Weile des Grübelns, welches ergebnislos blieb, beschloss sie, erst einmal hierzubleiben. Das schien ihr im Moment die sicherste Option zu sein. Nach einer Weile begannen ihre Gedanken abzuschweifen. Sie erinnerte sich an das erste Mal, als sie hier gewesen war.
Sam hatte in der Schule begonnen mit ihr zu reden. Er war eine Klassenstufe über ihr und ein Einzelgänger. Er hatte zwei oder drei Freunde, aber diese waren nur ab und an bei ihm. Er war Liv schon ein paar Mal aufgefallen. Sie war fasziniert von ihm. Sam war so anders als die anderen, total eingebildeten Kerle, die sonst auf der Schule und überall herumzulaufen schienen. Sam war höflich, hielt ihr manchmal die Tür auf, wenn sie hinter ihm das

Schulgebäude betreten wollte. Er grüßte, sobald sie seinen Weg kreuzte, und schenkte ihr wie selbstverständlich ein Lächeln. Dann, eines schönen Tages, sprach er sie tatsächlich an und unterhielt sich mit ihr. Sie war damals so aufgeregt gewesen, dass sie im Nachhinein dachte, nur Quatsch erzählt zu haben. Doch es schien Sam keinesfalls abgeschreckt zu haben. Sie sahen sich ab da jede Pause und verbrachten außerhalb der Schule viel Zeit miteinander. Eines Abends hatte Sam sie zu sich eingeladen, um einen Film zu sehen. Gemeinsam waren sie nach unten in sein Zimmer gegangen. Dort bat er sie, auf dem Sofa Platz zu nehmen, während er eine Decke holen wollte. Als er von oben herunterkam, hatte er nicht nur eine Wolldecke, sondern auch

ein Tablett mit Snacks und Getränken dabei. Er stellte es auf dem Tischchen vor dem Sofa ab.
„Deine Mutter ist echt fürsorglich", hatte Liv bemerkt. Sams Gesichtsausdruck war leicht eisig geworden und er hatte erklärt: „Sie ist meine Tante."
Liv hatte zu Boden gesehen. Sie hatte das Gefühl etwas Falsches gesagt zu haben.
„Du brauchst kein schlechtes Gewissen zu haben", hatte er mit wärmerer Stimme als zuvor, entgegnet. „Meine Erzeugerin hat mich, als ich drei Jahre alt war, bei meiner Tante abgesetzt und ist abgehauen. Sie kam nie wieder her. Das Einzige, was wir noch von ihr hörten, war ein Schreiben, mit dem sie meiner Tante mitteilte, dass sie ihr alle Rechte mich betreffend

abgetreten hatte. Ich kann froh sein, dass meine Tante mich aufgenommen hat. Anders wäre ich keine Ahnung wo gelandet."
Liv hatte nur genickt. Sie wusste nicht, wie sie reagieren sollte. Sam, der genauso ratlos dasaß, schwieg ebenfalls. Nach ein paar Minuten sah sie hoch und bemerkte, wie traurig er aussah. Zwar leicht zögerlich, doch zielstrebig legte sie ihre Hand auf seine. Er sah sie an. Ihre Blicke trafen sich und Liv erkannte, wie sich seine Miene wieder etwas aufhellte.
„Es ist jedes Mal ein ungutes Gefühl, das mit diesem Gespräch mitschwingt. Aber heute ist die kürzeste Episode der Traurigkeit gewesen."
Liv hatte ihn angelächelt. Das war ein schönes Kompliment und es erleichterte sie, Sam nicht den

Abend versaut zu haben. Er hatte die Fernbedienung genommen und einen Film gestartet.

Kapitel 5

Lily war auf dem Weg zu den Toiletten. Sie hatte ihre Cousine Liv am heutigen Morgen noch nicht gesehen. Das Mädchen war sehr glücklich und etwas stolz darüber, dass sie seit diesem Schuljahr auf derselben Schule war wie Liv. Zwar hatte sie ab und an Angst, dass sie die Ältere störte, welche dies jedoch schon des Öfteren verneint hatte. Lily öffnete die Tür zur Mädchentoilette, ging den kleinen Flur, der zu den Waschbecken führte, entlang und erblickte ihre Cousine. Diese stand an den Waschtischen und schaute in den Spiegel. Das Mädchen wollte gerade auf sie zugehen, als ihr Blick auf Livs Spiegelbild fiel. Nicht nur, dass diese finsterer dreinblickte als normal. Außerdem sah sie einen schwarzen Schleier,

eine Art Aura, die ihre Verwandte deutlich umgab. Schnell drehte sie sich um und ging aus dem Raum und blieb im Flur stehen, dass sie die andere sehen und beobachten konnte. Diese schien sie nicht bemerkt zu haben. Zudem hatte Liv von ihrer Position keine Einsicht auf die Stelle, wo das Mädchen stand. Schnell drehte Lily sich um und ging rasch auf den Schulhof. Von dort aus machte sie sich auf die Suche nach ihren beiden besten Freunden TJ und Kim. Eilig ging sie über den Pausenhof und fand die Beiden recht schnell in einer der hinteren Ecken des Schulhofs. Die zwei Jungen unterhielten sich. Kim lehnte an der Außenwand des Schulgebäudes, während TJ auf dem Boden saß und genüsslich in einen Schokoriegel biss.
„Na, ist deine Blase jetzt

leichter?", fragte TJ mit vollem Mund.
Lily sah den recht fülligen Jungen mit einem bösen Blitzen in den Augen an. Kim blickte zu Lily und erkundigte sich: „Ist alles in Ordnung?"
Sie schüttelte den Kopf, dann nickte sie und berichtete: „Ich habe keine Ahnung. Liv war vorhin auf der Toilette und da war so was Seltsames im Spiegel. Sie war so... ach, keine Ahnung!"
Kim nickte verstehend und wollt dann wissen: „Willst du sie darauf ansprechen?"
Lily schüttelte den Kopf.
„Ich habe kein gutes Gefühl", flüsterte sie nach einer Weile.
Die beiden Jungs nickten. Alle drei grübelten nach, bis TJ in die Finger schnippte.
„Ich hab's!", rief er euphorisch. „Wir gehen zu Sascha. Sie weiß

bestimmt was los ist."
Lilys Gesicht hellte sich auf. Sie nickte heftig und rief: „Dann los, wir gehen sie suchen!"
Sie und Kim zogen TJ gemeinsam vom Boden hoch und machten sich auf den Weg, um nach Sascha zu suchen. Ihr Weg führte sie vom Schulhof in den angrenzenden, kleinen Park, in welchem vor allem die Schüler der oberen Klassenstufen unterwegs waren. Und tatsächlich! Am hinteren Ende des Parks stand sie unter den Bäumen. Lily erkannte, dass sie sich mit zwei Jungs unterhielt. Beim Näherkommen sah sie, dass es Livs Partner Sam und ihr bester Freund Liam waren. Das gab ihr ein gutes Gefühl, weil diese sicher dabei helfen konnten, die Frage zu klären, ob etwas mit Liv nicht stimmte.
„Hey Leute", schnaufte Lily

leicht außer Puste, nachdem sie die anderen nach einem kurzen Sprint erreicht hatte.
„Lily, was ist denn los?", hakte Sascha stattdessen nach.
„Habt ihr Liv heute Morgen schon gesehen?", erkundigte sich Lily, als sie wieder zu Atem gekommen war.
„Ja, wieso?", wollte Sam mit hochgezogenen Augenbrauen wissen.
„War sie irgendwie seltsam oder anders als sonst?", wollte Lily ein Urteil wissen und konnte den dreien ansehen, dass etwas nicht stimmte.
Das Trio sah sich an, bis Sam Sascha zustimmend zunickte. Diese sah zu Lily und meinte: „Ich glaube schon, dass unsere Beobachtungen unter die Rubrik Seltsam fallen."
Sascha begann von den Beobachtungen und Situationen zu

berichten, die Sam, Liam und ihr aufgefallen waren. Lily hörte aufmerksam zu und ergänzte mit ihrer Betrachtung. Als sie fertig war, herrschte erst einmal Ruhe.
„Wir müssen mit ihr darüber reden", beschloss Sascha.
Alle nickten zustimmend.
„Aber wie stellen wir das am besten an?", erkundigte Liam sich. „Ich meine, wenn wir es hier machen, dreht sie sich womöglich um und geht!"
Das war ein Argument, das sie erneut zum Schweigen und Grübeln brachte. Dann meinte Sam nach einigen Minuten: „Wir gehen zu mir! In meinem Zimmer haben wir Ruhe und sie kann sich nicht so schnell aus dem Staub machen!"
Erneut nickten alle zustimmend.
Sie beschlossen, Liv nach dem Unterricht abzufangen und mit ihr zu Sam nach Hause zu gehen.

Kapitel 6

Die Schulglocke beendete die siebte Stunde. Sascha, die bereits in den letzten Minuten der Unterrichtsstunde ihre Sachen weggepackt hatte, um Liv sicher abfangen zu können, eilte zu dieser.
„Hey Liv, warte!", rief sie.
Das Mädchen reagierte diesmal direkt.
„Hast du unser Treffen vergessen?"
Ihre Freundin sah Sascha perplex an, meinte dann: „Ja, unser Treffen, was war das wieder genau?"
„Wir wollten uns mit allen bei Sam zu Hause treffen."
„Ah, ja. Das habe ich total vergessen. Na, dann los!", äußerte Liv euphorisch, schnappte Saschas Hand und zog sie, ohne Rücksicht auf andere, hinter sich

her.
Auf dem Schulhof standen die restlichen Mitglieder der Gruppe. Liv, die erneut viel stürmischer als es normalerweise ihre Art war, auf Sam und Liam zuging und Liam statt Sam einen Kuss auf den Mund drückte, musterte Lily, Kim und TJ. Sie sagte nichts. Jedoch sah man ihr an, dass sie offenbar nicht wusste, wen sie genau vor sich hatte.
„Hi Liv", meinte Lily.
„Hallo, äh...", entgegnete Liv sichtlich ratlos.
„Lily, deine Cousine?", half ihr die Jüngere auf die Sprünge.
„Ah, ja! Sorry, bin etwas verpeilt!"
Lily versuchte ihr Zweifeln hinter einem Lächeln zu verbergen. Dies war nicht ihre Cousine, das war ihr klar. Als sie gemeinsam zu Sams Haus

gingen, lief Liv freudig vor und hatte sich in Liams Arm eingehängt, während Sam und die anderen hinter ihnen gingen.
Lily, die sich mit ihrer Annahme, dass dieses Mädchen nicht ihre Cousine war, immer sicherer war, hielt Sam am Arm, um zu erreichen, dass er ihr seine Aufmerksamkeit schenkte.
Als sie glaubten, dass Liv sie nicht hören konnte, sagte sie leise zu Sam: „Das ist nicht Liv, da bin ich mir ganz sicher!"
„Wie meinst du das?", wollte Sam verwirrt wissen.
„Ich weiß, sie sieht aus wie sie, aber das ist definitiv nicht meine Cousine!"
Sam nickte. Zwar verstand er es nicht ganz, doch er vertraute auf Lilys Einschätzung.
Bei Sam zu Hause gab es den nächsten Moment, in dem klar

wurde, dass hier eine Fremde, die
wie Liv aussah, vor ihnen stand
und nicht die echte Liv. Als sie
in das Haus traten, wollte sie
die Treppe hochgehen, statt in
den Keller, wo sich Sams Zimmer
befanden.
„Wo willst du denn hin?",
erkundigte Sam sich verwirrt bei
ihr.
„Dummerchen, natürlich in dein
Zimmer!", entgegnete die ihnen
Fremde im Körper von Liv.
Sam zeigte zur Kellertreppe und
erklärte: „Das ist aber die
falsche Richtung!"
„Ah, stimmt. Ich bin heute etwas
durch den Wind", äußerte sie
übertrieben lächelnd.
Als Liv runter stürmte, sahen Sam
und Lily sich vielsagend an.
Unten wollte sie rechts abbiegen,
aber Sam rief: „Links!"
Wieder tat sie exzessiv dämlich,

lachte und schlug mit der flachen Hand gegen ihre Stirn. Erneut tauschten Sam und Lily einen bedeutungsschwangeren Blick aus.
In Sams Zimmer ging er unauffällig zu der gegenüberliegenden Badezimmertür und zog den Schlüssel ab, während Liv sich in dem Spiegel zu betrachten schien und dann auch noch über einen solch langen Zeitraum. Außerdem sahen alle, was Lily gemeint hatte. Livs Haut war grauer als normal und sie war umgeben von einem schwarzen Schleier.
Als alle einen Platz gefunden hatten, wollte die falsche Liv wissen: „Und jetzt?"
Sam, der sich an der Tür zur Treppe positioniert hatte, fragte offen heraus: „Wer bist du?"
Ein Blick des Entsetzens malte sich auf das Gesicht der Fremden.

Sie schien erkannt zu haben, dass alle misstrauisch waren. Doch sie hatte allem Anschein nach nicht bemerkt, dass sie wussten, dass Liv nicht Liv war.
„Was meint ihr?", erkundigte die falsche Liv sich daher.
„Du verhältst dich heute seltsam. Du bist nicht wie normalerweise!", führte Liam es direkt aus.
„Ja, ich fühle mich heute mal richtig gut!", entgegnete die Fremde in Livs Körper mit einer brechenden Stimme.
Es schien ihr klar zu werden, dass sie die Kontrolle über die Situation, welche sie geglaubt hatte zu haben, verloren hatte.
„Also das ist mir zu blöd", versuchte sie es nun mit Trotz.
„Ich gehe mal auf Toilette. Ihr habt sie ja nicht alle!"
Sie ging ins Bad und kaum, dass

sie die Tür hinter sich geschlossen hatte, hielt Liam die Klinke fest, sodass sie in dem Raum gefangen war. Sam stürmte mit dem Schlüssel durchs Zimmer und schloss die Tür ab.
„Hey!", rief die Doppelgängerin mit großem Zorn in der Stimme und rüttelte an der Klinke. „Seid ihr verrückt? Lasst mich raus!"
„Wer bist du?", erkundigte sich Sascha, statt auf den Wutausbruch ihres Gegenübers zu reagieren.
„Ich bin's, Olivia!"
Erneut eine Aussage, die die echte Liv nie getroffen hätte. Niemand, noch nicht einmal sie selbst, nannte sie Olivia. Ausschließlich ihre Oma sagte so, hatte sie ihren Freunden anvertraut.
„Ich weiß nicht, wer du bist, aber du bist nicht Liv!", rief Lily ihr zu.

„Doch, ich bin es!", krisch die Gefangene schon regelrecht.
„Lasst mich raus!"
Wütend rüttelte sie an der Türklinke. Immer besessener wirkend brüllte sie: „Lasst mich raus! Lasst mich raus! Lasst mich raaaaaus!"
Niemand achtete darauf. Sie setzten sich auf die Couch und davor auf die Wolldecke und beratschlagten sich.
„Was machen wir jetzt?", wollte Kim wissen, der unsicher zwischen den anderen und der Tür, hinter der man immer noch die falsche Liv randalieren hörte, hin und her sah.
„Wir lassen sie auf keinen Fall raus!", erwiderte Lily. „Wir müssen herausfinden, wer sie ist."
Zustimmendes Nicken und Murmeln von allen Seiten erfolgten.

Keiner konnte einen Vorschlag
machen, wie dies erfolgen sollte.
Da merkte TJ auf: „Hört ihr das?"
Alle lauschten. Dann sprang Sam
wie elektrisiert auf.
„Es ist zu ruhig!", stellte er
mit leiser Stimme fest und ging
zur Badezimmertür.
Liam trat hinter ihn. Sam gab ihm
mit einer Geste zu verstehen,
dass er die Tür aufsperren würde,
um nachzusehen, was dort vor sich
ging. Liam nickte zustimmend. Sam
drehte den Schlüssel herum und
drückte die Türklinke langsam
nach unten, um die Tür vorsichtig
zu öffnen, darauf vorbereitet,
dass sie ihm gleich die falsche
Liv entgegengesprungen kam.
Allerdings geschah nichts, als er
die Tür öffnete, keine Gegenwehr,
keine Geräusche. Er trat in den
kleinen Raum, blickte in die
Dusche, hinter die Tür, aber sie

war nicht mehr da.
„Sie ist weg!", rief er.
„Was?", erkundigte Sascha sich perplex und stürmte neben ihn in das Bad.
„Aber wie...", stotterte sie, während sie sich in dem kleinen, fensterlosen Raum drehte.
„Ich habe keine Ahnung!", entgegnete Sam mit leichter Verzweiflung in der Stimme. Seine Ratlosigkeit stand ihm ins Gesicht geschrieben.
Als sie sich zweimal in dem kompletten Bad umgesehen hatten, gingen sie zurück.
„Sie ist weg!", bestätigte Sascha Sams zuvor getroffene Aussage.
Alle sahen sich an. Dann setzten sie sich verwirrt und mutlos wieder hin. Keiner von ihnen hatte die geringste Ahnung, was sie nun tun sollten. Die einzige Person, die der Gruppe hätte

sagen können, wo Liv war, war nun verschwunden, wie in Luft aufgelöst. Keiner traute sich, auch nur zu fragen, was sie nun tun sollten. Die Hoffnung schwand stetig.
„Sam, Liam, Sascha?", erklang da eine ihnen bekannte Stimme.
Hektisch sahen sie sich um.
„Da!", rief Lily aufgeregt und deutete auf den Spiegel rechts neben dem Sofa, in dem sich die andere Liv zuvor betrachtet hatte.
„Lily?", fragte Liv mit Tränen in den Augen.
Lily hatte die Augen ebenfalls mit Tränen gefüllt. Das war ihre Cousine, sicher.
„Liv, was ist mit dir passiert?", bat Sascha mit sanfter Stimme zu wissen.
„Ich kann es dir nicht sagen. Ich bin einfach wach geworden und war

in dieser Welt!"

„Was meinst du damit?",
informierte sich Liam neugierig.
„Was heißt in dieser Welt?"
„Ich kann es dir nicht wirklich
erklären und mir selbst
eigentlich genauso wenig. Sie
sieht aus wie unsere Welt. Aber
sie ist dunkler, grauer und
bedrohlicher. Sie macht mir
Angst. Es gibt laute Schreie und
Pilzgeflechte auf dem Boden. Ich
glaube, dass es so meine Position
an seinen Wirt weitergibt. Ich
habe solche Angst!"
„Wie kommst du auf die Theorie
von den Geflechten?", sprach Kim,
da jeder schwieg.
„Nun ja", begann Liv fast
abwesend. „Als ich unter den
Bäumen an der Allee saß, hörte
ich ganz in der Nähe einen
Schrei. Ich habe hinter der Ruine
eines Hauses Schutz gesucht und

einen weiteren Schrei gehört. Die Schreie verstummten und ich habe mich auf den Weg zu Sams Haus gemacht, immer darauf achtend, nicht auf die Geflechte zu treten. ", erklärte Liv genauer.„Wie geht es dir sonst? Bist du verletzt?", bat Sam zu erfahren, der sich aus seiner Schockstarre gelöst hatte.
„Ich bin ok, also zumindest körperlich!"
Eine dicke Träne kullerte Livs Wange herunter. Es zerriss Sam innerlich fast, seine Liv so leiden zu sehen.
„Wie holen dich nach Hause, halte durch!", versprach Liam mit einer so festen und zuversichtlich klingenden Stimme, wie es nur möglich war.
Sam nickte.
„Aber wie stellen wir das an? Das Internet ist tot!", stellte TJ

die Frage, die sich wohl alle im Stillen gestellt hatten.
Ein allgemeines Schweigen war die Antwort. Nach einigen Sekunden, die sich wie Stunden angefühlt hatten, rief Liv: „Die Bücherei!"
Alle sahen sie fragend und gespannt zugleich an.
„Ihr müsst in die Bücherei gehen. Ich bin mir sicher, dass es in der Bücherei solche Informationen gibt."
Sie sahen sich gegenseitig an und nickten anschließend zustimmend.
„Na, dann los!", rief Lily euphorisch.
Schnell standen sie auf und machten sich auf den Weg nach oben.
„Hier!", äußerte Sam Sascha gegenüber und gab ihr den Schlüssel seines Busses, der vor dem Haus stand. „Steigt schon mal ein, ich komme gleich!"

Sascha nickte verstehend.
Als alle das Zimmer verlassen hatten, trat Sam nah an den Spiegel. Auch Liv ging vor.
„Hey", meinte Sam leise.
„Hey", entgegnete Liv und Sam sah ganz deutlich die Tränen in ihren Augen glänzen.
„Bist du in Sicherheit?"
„Ja, ich denke schon. Ich habe mich in deinen Zimmern verbarrikadiert."
Sam nickte, dann schmunzelte er.
„Was ist?", informierte Liv sich etwas perplex über seine Reaktion.
„Nichts, nur ... Du siehst süß in meinen Sachen aus."
Auf Livs Lippen malte sich ein leichtes Lächeln.
„Wieso eigentlich zu mir?", erkundigte sich Sam.
„Was?", entgegnete Liv verwirrt.
„Wieso bist du zu mir geflohen?"

„Weil dein Haus das naheliegendste von der Stelle, an der ich aufgewacht bin, war."
„Wie war das denn jetzt genau?"
„Ich wurde in dieser furchtbaren Welt wach. Hier ist es nicht nur dunkel, trostlos und gruselig, sondern auch kalt. Der Platz, an dem ich lag, war die Allee neben dem Trümmerhaus. Von dort an bin ich so schnell es ging hierher. Ich habe mich eingesperrt und hoffe, hier in Sicherheit zu sein."
Sam nickte. Er war froh, dass Liv für den Moment außer Gefahr zu sein schien.
„Wir holen dich da raus, ich verspreche es dir", sprach Sam aus und legte seine Hand gegen den Spiegel. Liv legte ihre Hand auf dieselbe Stelle. Beide erstarrten, als sie die Körperwärme ihres Gegenübers

spürten. In dieser Position verharrten sie noch eine Weile. Schließlich löste Sam sich vom Spiegel und sagte: „Wir beeilen uns herauszufinden, wie wir dich wieder in unsere Welt zurückbringen können."
Liv nickte. Sie vertraute ihren Freunden.

Kapitel 7

Liv stand vom Sofa auf. Ihr Hals war trocken wie Staub. Sie ging in das Bad und drehte den Wasserhahn auf. Entgegen ihrer Erwartung, dass bloß eine gräulich-schlammige Brühe herauskommen würde, die übel roch, spie ein Strahl klaren Wassers aus dem Wasserhahn. Erleichtert beugte sie sich vor, um von der Flüssigkeit zu trinken. Nachdem sie fertig war, bemerkte sie den Hunger. Ihr war schon ganz schlecht. Durch die vielen Ereignisse war er ihr nicht aufgefallen, doch da sie nun etwas zur Ruhe gekommen war, hatte der Hunger sich wieder zu Wort gemeldet. Sie schlich zur Tür, die zum Keller führte und lauschte. Nachdem sie sicher war, dass sich dort nichts und niemand befand, sperrte sie die Tür auf.

Zunächst versuchte Liv den einfachsten Weg. Sie ging zu der Sams Zimmer gegenüberliegenden Speisekammer. Vorsichtig öffnete sie die Tür und musste vor Enttäuschung seufzen. In der Kammer herrschte gähnende Leere. Jetzt musste sie doch den schwierigen Weg einschlagen. Sie musste raus aus dem sicheren Haus. Wenn ihr Bauch nicht so schmerzen würde, hätte sie auf die Vernunft gehört und wäre in dem sicheren Zimmer geblieben, aber sie tat es. Vorsichtig schloss sie die Haustür auf, öffnete sie einen Spalt und lugte heraus. Sie sah, dass die Geflechte auf die Treppe vorgedrungen waren. Langsam und vorsichtig ging sie die drei Stufen zum Weg herunter, der zum Bordstein führte. Dabei achtete sie darauf, bloß die Stellen, welche frei von dem Geflecht waren, zu betreten. Mit Acht auf die Geflechte gebend und sich immer hinter Bäumen, Schutz suchend und versteckend, machte sie sich auf den Weg zum nächsten Supermarkt. Bei dieser Gelegenheit sah sie sich diese Welt an. Es war düster und kalt, wohin man sah. Außer ihr schien kein Lebewesen weit und breit zu sein. Zumindest war ihr niemand begegnet, was sie als positiv empfand, da sie nicht wusste und nicht wissen wollte, wie diese gelaunt wären. Die Bäume und Sträucher waren ausnahmslos kahl und, genau wie bei den Holzgewächsen am Rande der Allee, auf der sie wach geworden war, konnte sie weit und breit kein Laub erkennen. Der schwarz-graue Himmel lag schwer über der dunkelgrauen Straße. Liv stand hinter einem Baum. Sie hatte Angst, traute sich kaum, da die Fläche so weit schien. Was, wenn doch jemand da war? Dann erklang das Krächzen eines Raben. Sie konnte nicht sagen weshalb, aber das Krähen gab ihr ein Gefühl von Sicherheit. Schnell lief sie zum Supermarkt hin. Die Scheiben der Eingangstür waren eingeworfen oder zerplatzt. Vorsichtig stieg sie durch diese und lief durch die Gänge. Am Anfang des Geschäfts nahm sie sich einen der Körbe und schritt durch die Regale. Bei den Konserven blieb sie stehen. Frische Sachen hatte sie nicht einmal suchen wollen. So schnell es ging warf sie alle möglichen Dosen und Gläser in den Korb und machte sich auf den Rückweg. Dieser fiel ihr schwerer als der Weg zum Geschäft hin. Die Luft schien dünner als zuvor, der

Sauerstoff fehlte. Trotz, dass sie tief einatmete, kam wenig bei ihr an. So schnell es ging, lief sie zu Sams Haus. Dort angekommen, verbarrikadierte sie sich wieder. Die Luft im Bauwerk schien besser, das Atmen fühlte sich intensiver an. Liv drehte auf dem Sofa sitzend ein Glas Essiggurken auf, nahm eine Gurke heraus, roch an ihr und biss, als sie festgestellt hatte, dass sie normal duftete, hinein. Die Schmerzen in ihrer Magengegend wurden besser.

Kapitel 8

Sam stieg schweigend auf den Fahrersitz seines 9-Sitzer-Busses. Alle anderen hatten bereits Platz genommen. Die gesamte Fahrt verlief schweigend. Erst als sie vor der Bibliothek hielten und aussteigen wollten, meinte Kim: „Stopp, wartet mal!"
Alle verharrten in ihren Bewegungen und drehten sich zu ihm um.
„Wie gehen wir jetzt vor?", erkundigte sich Kim in die Runde. Sie sahen sich gegenseitig an, wohl wissend, dass die Frage berechtigt war.
„Hast du einen Vorschlag?", vergewisserte sich Lily .
Kim, dem es peinlich war, dass alle ihn ansahen, wurde rot. Dann nahm er tief Luft und sagte: „Wir sollten uns aufteilen. Vor allem

Okkultes und Übernatürliches müssen wir suchen. Aber auch historische Bücher können Geschichten über die Spiegel enthalten. Sucht am besten alles, was mit Spiegeln und Portalen zu tun hat."
Nach dieser Ansprache starrte jeder Kim an. TJ fand als erster seine Stimme wieder: „Alter, woher weißt du so was?"
Kim zuckte mit den Schultern, dann meinte er: „Ich nehme manchmal an Rollenspielevents teil und dafür brauche ich Hintergrundwissen, um meinen Charakter so detailgetreu wie möglich zu entwerfen. Und weil im Internet oft nichts so ausführlich zu finden ist, wie in einem Buch, gehe ich häufiger in die Bibliothek."
Kim hatte erst Angst, dass sich jemand über ihn lustig machen

würde, doch keiner lachte oder schmunzelte auch nur.

„Nun", äußerte Sam. „Wir können froh sein, dass Kim das Hobby hat, sonst hätten wir gleich ziemlich tief in der Tinte gesessen."

Von allen Seiten kam ein zustimmendes Nicken. Sie stiegen aus dem Bus und gingen gesammelt in die Bibliothek. Die Bibliothekarin sah die Gruppe bei ihrem Eintreten verblüfft an. Das lag wohl vor allem daran, dass durch die rasche Digitalisierung seit der Jahrtausendwende Bücher per App ganz leicht und günstig heruntergeladen werden konnten und deshalb die Besucherzahlen der Bibliotheken sanken. Die Frau, die selbst in einem Liebesroman las, rückte sich die Brille auf der Nase zurecht und nickte der Gruppe nach dem ersten

Moment der Verwunderung freundlich zu. Liam musterte die Dame. Sie schien Mitte dreißig zu sein und sah aus, wie er sich eine Bibliothekarin vorstellte. Sie war groß, schmal, trug eine Bluse mit Blumenmuster und einem Pullunder darüber, sowie eine Brille und hatte lange, glatte, braune Haare.
„Liam, kommst du?", vergewisserte sich Sascha und riss ihn damit aus seinen Gedanken. Alle strömten aus und gingen systematisch ein Regal nach dem anderen durch. Sobald jemand ein Buch gefunden hatte, das vielleicht weiterhelfen könnte, brachte derjenige es zu dem großen Tisch, der das Zentrum der Bibliothek bildete.
Nach kurzer Zeit einigten sie sich darauf, sich aufzuteilen. Kim, Sascha und Lily

durchforsteten die ausgewählten Schriftstücke, während Sam, TJ und Liam weiter nach Büchern suchten und die bereits gesichteten und als unbrauchbar befundenen wieder wegstellten.
Nach fünf Stunden der akribischen und konzentrierten Nachforschung waren alle ziemlich erschöpft.
„Ich brauche eine Pause!", jammerte Lily.
„Ja, ich bekomme langsam Hunger", entgegnete TJ und hielt sich theatralisch die Hand an seinen fülligen Bauch.
Sam wollte gerade Veto einlegen, als er auf die anderen sah und erkannte, wie geschafft alle aussahen.
„Ja, gut", erklärte er schließlich, „Wir fahren noch irgendwo was zu essen kaufen und anschließend zu mir, wenn das für euch in Ordnung ist."

Alle nickten zustimmend. Sie räumten die restlichen Bücher in die Regale und gingen zum Bus.
Als sie im Bus saßen, gaben ihre Handys eines nach dem anderen einen Ton von sich.
„Wir scheinen wieder Empfang zu haben", entgegnete Sascha fast schon monoton.
Von allen Seiten kam bloß ein zustimmendes Raunen oder Nicken.
Dann startete Sam den Wagen und sie fuhren zu einem Fastfood Restaurant.

Kapitel 9

Liv saß auf der Couch, eingemummelt in eine Wolldecke. Ihr Hunger war gestillt. Jetzt wurde sie von Müdigkeit übermannt. Immer wieder fielen ihr die Augen zu und sie hatte Mühe, sie offen zu halten. Als der Drang zu groß wurde, gab sie der Ermüdung nach. Langsam schlossen sich ihre Augen.
„Hey, hey Liv", sagte jemand und rüttelte sanft an ihrer Schulter. Zaghaft öffnete sie ihre Augen. Liv musste sich diese zweimal reiben, weil sie ihnen nicht glauben wollte oder eher nicht glauben konnte. Vor ihr stand Sam. Freudig sprang sie ihm um den Hals.
„Ich habe dich so vermisst", rief sie mit Tränen in den Augen.
„Was meinst du?", erkundigte sich Sam verwirrt. Er erwiderte die

Umarmung nicht.

„Na, ich war doch in der Anderswelt!", entgegnete Liv, etwas durcheinandergebracht von Sams Frage.

Dann sah sie sich um. Es war nicht sie, die wieder zurück war. Es schien Sam, der offenbar bei ihr gelandet war.

„Sam, was... Wie bist du hierhergekommen?", erkundigte sie sich verwirrt.

„Was meinst du? Ich wohne hier!", entgegnete er.

„Ja, aber wie bist du in diese Welt gekommen?"

„Was meinst du damit, Liebes?"

Irgendetwas stimmte hier nicht. Sam hatte sie noch nie Liebes genannt. Livs Augen weiteten sich vor Panik. Sie sprang nach hinten, brachte den Couchtisch als Distanz zwischen sich und den falschen Sam. Dann fragte sie:

„Wer bist du?"
„Ich bin es, Samuel!"
„Was? Nein, du bist nicht mein Sam! Er hasst seinen vollen Namen und außerdem würde er mich niemals Liebes nennen!"
Die Miene des falschen Sam verfinsterte sich. Er grinste und es erinnerte Liv fast schon an die gruselige Fratze eines Horrorclowns. Sie bereitete sich vor, ihm zu entkommen. Er stand ihr immer noch regungslos gegenüber. Dann ging alles ganz schnell. Liv schnappte sich die vor ihr liegende Fernbedienung und warf sie nach ihm. Anschließend nutzte sie den Moment der Überraschung, rannte ins Bad und schloss sich ein.
„Liv, mach die Tür auf!", rief der falsche Sam, während er gegen die Tür hämmerte und am Türknauf rüttelte.

„Hau ab!", krisch sie laut.
Liv kauerte sich zwischen die Toilette und Dusche, petzte ihre Augen fest zu, hielt sich die Ohren zu und weinte. Der ihr so unbekannte und doch so bekannte Sam rüttelte weiter an der Tür. Die Verschlussvorrichtung wirkte so, als würde sie bald aus ihren Angeln springen. Die Tränen liefen Livs Wangen in Strömen herunter. Sie zitterte und zog sich immer weiter zusammen, die Gliedmaßen so nah an den Oberkörper, wie es ihr nur möglich war. Sie schluchzte wieder und wieder: „Geh weg!" Doch plötzlich dachte sie, ein Geräusch zu vernehmen. Liv glaubte, einen Raben aus der Ferne krähen zu hören. Das Mädchen traute sich nicht, ihre Augen zu öffnen.
„Liv? Hey Liv, wach bitte auf!",

drang da eine Stimme in ihr
Bewusstsein.
Das Gefühl des Mutes durchzuckte
ihre Glieder und veranlasste sie
dazu, ihre Augen aufzuschlagen.
Die Schläge und das Beben gegen
die Tür hörten auf. Die Umrisse
des Bodens, auf welchen sie nach
dem Krähen gestarrt hatte,
verschwammen. Ihr Umfeld wurde
schwarz, jedoch nicht bedrohlich,
eher leicht.
„Liv, mach bitte die Augen auf.
Ich bitte dich!", erklang die
Stimme erneut, die sich wässrig
und dünn anhörte, als würde die
Person weinen oder stünde kurz
davor.
Aufwachen? Wieso aufwachen?
Schlief sie etwa? Vielleicht
probierte sie es mal. Es könnte
ja sein, dass es dieses Mal
funktionierte. Sie schloss ihre
Augen und öffnete sie wieder. Es

hatte sich tatsächlich etwas geändert. Sie war zurück in der Anderswelt. Irritiert schaute sie sich um. Sie befand sich wieder auf dem Sofa. Livs Blick schweifte durch den Wohnraum. Er blieb an dem Spiegel hängen, hinter welchem sie die Gesichter von Sam und Lily sah. Beide schauten mit Tränen in den Augen zu ihr.
„Liv, ist alles in Ordnung?", erkundigte sich ihre Cousine mit leicht zitternder Stimme, als hätte sie geweint.
Zögernd sah Liv zu den beiden. Ihr war selbst nicht bewusst, was los war.
„Was ist passiert?", stellte Liv verwirrt die Gegenfrage.
Du hast im Schlaf geschrien!", entgegnete Lily.
Sam sah sie nur an. Ihr war nicht klar, was sie geschrien hatte,

doch es schien nichts Gutes gewesen zu sein. Jetzt erst realisierte sie, was die anderen vorgehabt hatten.
„Habt ihr etwas herausgefunden?", horchte Liv daher nach, gefüllt mit neuer Energie.
Eine Antwort erfolgte bloß in synchronem Kopfschütteln von Lily und Sam. Die Enttäuschung ließ Liv wieder in sich zusammensinken.
„Es tut mir leid, Liv! Ich muss jetzt auch nach Hause, sonst bekomme ich Ärger!", murmelte Lily, die ziemlich geknickt den Blick abwandte.
„Alles klar, ich danke dir, Lily", erwiderte Liv, konnte ihre Trauer allerdings nicht verbergen.
Als ihre Cousine weg war, setzte sich Sam ebenfalls auf das Sofa in seiner Welt.

„Hey!", sagte er.

„Hey", entgegnete sie leise, mit dünner Stimme.

„Wie geht es dir?"

„Ich weiß es nicht!"

Sam nickte. Er schien zu wissen, was sie meinte und doch spürte sie, dass etwas nicht stimmte.

„Sam, was habe ich vorhin gesagt, als ich geschlafen habe?", fragte Liv mit einem mulmigen Gefühl.

Sam sah sie an. Er schluckte, meinte aber dann: „Hauptsächlich hast du gerufen, dass ich dich gehen lassen soll!"

Sie sah ihn mit weit aufgerissenen Augen an.

„Was hast du geträumt?", fragte Sam nach einigen Momenten des Schweigens.

Liv begann ihren Traum wiederzugeben. Sams traurige Miene veränderte sich. Sie spiegelte Entsetzen wider.

„Es tut mir leid, Sam. Ich wollte dich nicht verletzen", brachte Liv mühevoll unter Tränen hervor.
„Nein, du kannst nichts dafür!", entgegnete Sam mit kontrollierter und zugleich ruhiger Stimme.
Liv musste lächeln. Sie stand auf, wische mit ihrem Handrücken über ihre Augen und ging zum Spiegel. Sam trat ebenfalls hervor. Beide legten ihre linke Hand sowie den Kopf gegen den Spiegel. Die zwei spürten den jeweils Anderen. Liv wurde es direkt wärmer.

Kapitel 10

„Hey", begrüßte Sam die anderen. Er hatte eine Telefonkonferenz mit der ganzen Gruppe gestartet. Nachdem alle sich gemeldet hatten, sagte Sam: „Also, ich wollte kurz mit euch besprechen, wer von euch welche Aufgabe übernimmt."

„Ich wollte nochmal in die Bibliothek und schauen, ob ich doch noch irgendwelche Informationen, die uns behilflich sein könnten, finde. TJ wollte mich begleiten", ergriff Kim als erster das Wort.

„Bist du dir sicher, dass das etwas bringt? Ich meine, immerhin waren wir zu sechst über sechs Stunden mit der intensiven Recherche beschäftigt und haben nichts gefunden", stellte Sascha in dominantem Ton in Frage.

„Das stimmt, ich habe aber das

Gefühl, dass ich bei zweiter Sichtung etwas finden kann", hielt Kim selbstsicher entgegen. Keiner stellte die Entscheidung in Frage, alle schwiegen.
Sam ergriff als Erster das Wort und meinte: „Gut, was ist mit uns?"
„Ich möchte gerne bei Liv sein. Ihr geht es nicht gut und vielleicht nimmt es ihr etwas Angst, wenn sie Gesellschaft hat", meldete sich Lily zu Wort.
„Ich finde, das ist eine gute Idee", entgegnete Sascha mit einer Stimme, die den anderen keine Wahl ließ, als ihr zuzustimmen. „Und wir sollten uns zusammensetzen und im Internet schauen, ob wir dort vielleicht etwas finden. Sam, Liam oder was meint ihr?"
Sam schwieg.
„Ich finde auch, dass wir das

machen sollten", sprach Liam.
„Na gut", entgegnete Sam. „Ich würde vorschlagen, Lily, Liam und Sascha kommen zu mir. Meine Tante ist arbeiten und wir haben unsere Ruhe. Außerdem sind wir in der Nähe, falls etwas mit Liv sein sollte!"
Lily, die gar nicht gewusst hatte, dass ihr Freund Kim so schlau war, war beeindruckt.
„Liam, Lily, ich komme euch gleich abholen", sagte Sascha.
„Ok", meinte Lily.
„Alles klar, bis gleich!", entgegnete Liam.
Mit einem kurzen: „Na, dann los!", beendete Sam das Gespräch.

Kapitel 11

Kim fuhr mit seinem Fahrrad die Straße entlang zu TJs Haus. Dieser saß auf dem Bordstein, einen Rucksack auf dem Rücken, einen Schokoriegel, der schon fast aufgegessen war, in der Hand und sein Fahrrad auf dem Rasen des Vorgartens liegend. Als er Kim sah, schob er sich den letzten Bissen Nuss-Karamell-Riegel in den Mund, stopfte sich das Papier in die Hosentasche, schnappte sein Rad und beeilte sich, neben seinen Freund zu kommen.

„Na, du bist ja mal flott heute", erkannte Kim, der TJ gar nicht so mobil kannte.

„Ja, es geht ja schließlich um Lilys Cousine. Liv ist doch auch immer bemüht uns zu helfen", entgegnete TJ schon heftig schnaubend.

Kim nickte schweigend. Seine
Gedanken drifteten ab. Er dachte
an Liv. Als sie in der dritten
Klasse ein Referat vorbereitet
hatten, waren sie zu dritt bei
Lily gewesen. Keiner von ihnen
hatte das Thema so wirklich
verstanden. Sie hatten im
Wohnzimmer um den Tisch gesessen
und einstimmig geseufzt, als eine
Stimme sie aus der Verzweiflung
gerissen hatte.
„Was ist denn mit euch los?",
hatte sie im Türrahmen stehend
gefragt.
„Wir wissen nicht weiter", hatte
Lily entgegnet.
Liv war wie selbstverständlich zu
ihnen gekommen, hatte sich
Aufgabenstellung und Thema
durchgelesen und es den dreien
für sie alle verständlich
erklärt. Danach hatte sie ihnen
geholfen, ein Plakat zu

gestalten, das die wichtigsten Punkte des Themas zusammenfasste. Sie hatten eine Eins bekommen, das wusste er auch noch.

„Hey Kim, ist alles ok?", drang TJs Stimme in seine Erinnerung. Kim kniff kurz die Augen zu und öffnete sie wieder.

„Ja, alles gut. Ich war nur in Gedanken. Weißt du noch früher, unsere Ausflüge?"

„Klar, die waren wirklich immer toll!"

TJ musste daran denken, wie sie im Alter von neun oder zehn Jahren immer Ausflüge in den „verwunschenen Wald", wie sie ihn nannten, gemacht hatten. Diese Ecke des Forsts hatten sie so bezeichnet, da die Bäume aussahen, als wären sie gemalt. Ihre Stämme waren verschlungen, die Rinde nicht so wie die in anderen Teilen des Waldes. Die

Zweige und Äste wirkten welliger als die der „normalen" Holzgewächse. Die Farben der Bäume und deren Blätter waren strahlender, vielleicht aus dem Grund, dass die Bäume so standen, dass mehr Sonnenlicht durch die Kronen schien, als es in anderen Teilen des Waldes der Fall war. Liv hatte sie oft begleitet, da Lilys Mutter eine sehr ängstliche und überfürsorgliche Person war. Wenn Liv mitging, war die Mama jedes Mal beruhigt. Außerdem waren sie froh, wann immer Liv dabei war. Zum einen wirkte sie nicht wie eine Aufpasserin, sondern eher wie ein Teil der Gruppe. Auf der anderen Seite hatte sie immer einen großen Rucksack mit einer Picknickdecke, sowie vielen Leckereien und Getränken dabei. Sie liefen dann immer zu einer Lichtung, setzten

sich in deren Mitte auf die Decke und picknickten.
„Wir könnten ja mal wieder so einen Ausflug unternehmen, wenn Liv wieder da ist", meinte TJ seufzend.
„Das ist eine gute Idee", entgegnete Kim.
Die Möglichkeit, sie nicht retten zu können, wollte niemand auch nur in Betracht ziehen.
Inzwischen waren sie an der Bibliothek angekommen.
„Dann gehen wir mal auf die Suche nach einem Weg, der Liv rettet", sprach Kim und trat voller Tatendrang durch die Tür der Bibliothek.

Kapitel 12

Sascha, Liam und Lily standen vor Sams Haustür. Dieser kam und öffnete die Tür, nachdem sie geklingelt hatten.
Während Sam, Sascha und Liam ins Esszimmer gingen, machte Lily sich auf den Weg in Sams Zimmer. Liv saß zusammengekauert auf dem Sofa. Sie schien Lily nicht kommen gehört zu haben.
„Hey Liv", sprach das Mädchen mit weicher, leiser Stimme, um ihre Cousine nicht zu erschrecken.
Liv hob den Kopf, welcher zuvor auf ihren hochgezogenen angezogenen Knien geruht hatte. Livs Augen waren verquollen und gerötet, genau wie ihre Nase. Über der Wange zeichneten sich Linien, die von Tränen stammten, ab.
„Hey Lily", entgegnete sie mit belegter und leicht hüpfender

Stimme. „Es ist schön, dich zu sehen."
Lily lächelte. Sie sah sich um. In der Ecke links von ihr stand ein Hocker. Sie nahm ihn sich und setzte sich vor den Spiegel.
„Was passiert momentan in der Welt, in der du bist?", fragte Lily besorgt.
„Ich nenne sie Anderswelt. Hier ist zum Glück nichts los, aber ich bin trotzdem überfordert mit allem. Ich habe solche Angst!", brachte Liv hervor, jedoch ging ihre Erzählung in einen starken Weinkrampf über.
„Das glaube ich dir. Die anderen suchen nach einer Lösung!", versuchte Lily ihrer Cousine Mut zu machen und sie so wieder zu beruhigen.
„Ich bin euch so dankbar, was ihr alles an Mühen für mich auf euch nehmt."

Lily stand auf und legte ihre Hand gegen den Spiegel.
„Ich vermisse dich!", sagte sie mit einem dicken Kloß im Hals und in den Augen glänzenden Tränen. Liv, die sich inzwischen wieder etwas beruhigt hatte, trat an den Spiegel und legte ihre Hand an dieselbe Stelle wie Lily. Das junge Mädchen sah erschrocken auf ihre Hand, die Livs Wärme spürte, doch sie zog sie nicht weg.
„Ich weiß, es ist kaum zu fassen!", erklärte Liv. „Sam und ich haben das auch schon herausgefunden."
Lily rollte eine dicke Träne über die Wange. Sie freute sich, zumindest zu spüren, dass ihre Cousine noch am Leben war. Nach einigen Minuten des Verharrens ließen beide die Hände wieder sinken. Liv, der man ihre körperliche Erschöpfung deutlich

ansah, setzte sich zurück auf das Sofa. Sie hüllte sich in die Decke ein, jedoch so, dass sie Lily sehen konnte. Diese setzte sich wieder auf den Hocker. Liv wollte gerade zu einer Frage ansetzen, als sie etwas hörte und den Mund wieder schloss.
„Liv?", fragte Lily besorgt. Diese hielt sich den Zeigefinger vor ihren Mund, um der anderen anzudeuten, still zu sein. Sie horchte in die Umgebung. Es war nichts zu hören, bis ein leises Grollen, wie von einem überdimensionalen Hund, erklang. Es wirkte, als würde ein Schatten an dem von ihr blickdicht gemachten Fenster vorbeischleichen. Sie rührte sich keinen Millimeter, verharrte einige Minuten und bewegte sich erst dann wieder, als sie sicher war, dass das Teil, was auch

immer es war, auf jeden Fall verschwunden war.

„Was war das?", fragte Lily leise.

„Ich habe keine Ahnung!", antwortete Liv ebenfalls ruhig, aber mit panischem Blick.

Sie sah zu Lily und sagte mit zitternder Stimme: „Ich habe solche Angst!"

Ihre Cousine wusste nicht, was sie darauf entgegnen sollte. Die Situation überforderte sie.

Langsam trat Lily an den Spiegel. Auch Liv stand auf. Sie hielten die Handflächen an den Spiegel und spürten die Körperwärme der jeweils anderen. Diese Berührung gab Liv ein Gefühl von Sicherheit und nahm ihr etwas die Angst. Dann versuchte sie, ihre Finger krumm zu machen und so mit ihnen auf die andere Seite zu gelangen. Doch es funktionierte nicht. Livs

Zuversicht in ihre Freunde war das Einzige, was sie auf den Beinen hielt.

Kapitel 13

Das Esszimmer war in Schweigen gehüllt. Einzig das Tippen der Tastaturen und das Scrollen mit den Computermäusen ertönte vereinzelt. Liam, Sam und Sascha saßen an ihren Rechnern und suchten alles, was mit dem Thema Spiegel zu tun hatte.

Da fing Sams Handy an zu vibrieren. Er sah auf das Display und schluckte. Nervös ging er ran.

„Hallo? Sam?", erklang eine Frauenstimme am anderen Ende der Leitung.

„Oh, hallo Caro", begrüßte Sam die Mutter von Liv, welche von Anfang an darauf bestanden hatte, sie mit ihrem Vornamen anzureden.

„Sam, ist Liv vielleicht gerade in deiner Nähe? Ich versuche sie schon seit drei Tagen zu erreichen. Allerdings hieß es

erst, dass der Teilnehmer nicht erreichbar ist und dann sprang immer die Mailbox an. Das bin ich gar nicht von ihr gewohnt. Normalerweise meldet sie sich immer täglich, zumindest per Text- oder Sprachnachricht, wenn ich auf einer Fortbildung bin."
Sam wurde nervös. Er musste sich schnell eine glaubwürdige Ausrede einfallen lassen.

„Caro, es gab bei uns einen Komplettausfall des Telefon- und Internetnetzes, der fast zwei Tage anhielt und danach hat Liv ihr Handy verlegt. Sie ist auch gerade nicht bei mir. Sie wollte sich mit Sascha zum Eis essen treffen."

„Achso, sag ihr bitte, dass ich am Sonntag nach Hause komme und nicht wie gedacht am Freitag. Sie soll sich doch einmal bei mir melden, wenn sie zu Hause ist."

„Ja, das mache ich. Bis dann, Caro!"

„Mach es gut, Sam!"

Sam legte auf und atmete tief aus. Es war ihm nicht leichtgefallen, die Wahrheit so zu umgehen. „War das Caro?", fragte Sascha, deren Augen bei Sams Antworten immer weiter geworden sind.

Sam nickte. Er konnte nichts sagen. Sein gesamter Rachenbereich war trocken wie Staub.

„Du hast sie erst einmal im Unglauben gelassen?", erkundigte Liam sich.

Sam nickte.

„Okay, dann beeilen wir uns, dass wir Liv so schnell es geht wieder bei uns haben", sagte Liam fest entschlossen.

Die anderen beiden ließen sich von seinem Elan mitziehen. Nach

einiger Zeit der intensiven Recherche fanden sie recht viel heraus. Unter den Informationen war, dass ein zerbrochener Spiegel sieben Jahre Pech brachte. Außerdem sollte, wenn man vor einem Spiegel starb, seine Seele darin gefangen werden. Des Weiteren fanden sie die Legende der Bloody Mary. Die Information über das Wandern durch Spiegel in eine Parallelwelt blieb ihnen jedoch verborgen. Da dies die einzigen brauchbaren Auskünfte zu sein schienen, schlossen sie nach und nach jeder seinen Laptop.
„Es bringt nichts", raunte Sascha verzweifelt.
„Wir können nicht aufgeben. Das würde bedeuten, dass wir Liv aufgeben", sprach Sam und musste sich beherrschen, nicht zu weinen.

„Aber was willst du tun, Sam? Sag es mir!", schrie Sascha ihn schon fast an.
„Das weiß ich nicht!", antwortete Sam ebenfalls in Rage. „Aber ich weiß, dass ich nicht aufgeben kann, zu versuchen, Liv zu retten!"
„Das sagte sie auch nicht", entgegnete Liam, der die Wogen glätten und die Energie nicht unnötig verschwendet haben wollte. „Wir werden eine Lösung finden, aber wenn wir jetzt anfangen uns zu streiten, bringt es keinem etwas und Liv kostet es nur wertvolle Zeit!"
Sascha und Sam sahen Liam verwirrt an. Dass er so tiefgründig denken konnte, war ihnen neu. Und doch war es genauso, wie Liv es immer gesagt hatte. Der junge Fußballgott hatte mehr zu bieten als bloß ein

Zahnpastalächeln und lockere Sprüche vorzuweisen. Um Liam zu zeigen, dass sie einig mit ihm waren, nickten sie synchron. Liam zog sein Handy hervor, entsperrte es und wählte Kims Nummer.
„Ja?", meldete dieser sich nach zweimaligem Klingeln.
„Hi Kim, hier ist Liam", begann dieser und dachte sich im Stillen, dass sein Gegenüber das ja auf dem Display gesehen hatte. „Wie weit seid ihr?"
Auf der anderen Seite der Leitung war das Rascheln von Papier zu hören.
„Hier steht einiges über Spiegel, aber noch habe ich leider nichts entdeckt, das uns weiterhelfen würde."
Liam schwieg. Das war nicht die Antwort, die er sich erhofft hatte.
Von der anderen Seite verkündete

Kim: „Wir werden weiter recherchieren, bis wie etwas finden!"

„Alles klar, halt mich bitte auf dem Laufenden."

„Klar, mache ich."

Liam legte auf und sein Handy auf den Tisch.

„Hat Kim schon etwas herausgefunden?", fragte Sascha mit großer Hoffnung in der Stimme.

Liam schüttelte den Kopf und nahm Sascha sichtbar die Zuversicht, dass es ihm fast das Herz brach.

Kapitel 14

Lily saß auf dem Sofa und sah zu ihrer Cousine. Diese war eingeschlafen. Sie hatte beschlossen, hier zu wachen, damit sie, falls Liv einen weiteren Albtraum haben sollte, wenigstens jemand da war und ihre Cousine so in einem gewissen Maße Sicherheit verspüren konnte.

Liv sah sich langsam um. Sie stand inmitten einer dunklen Umgebung. Ihr Herz fühlte sich schwer an, als würde ein Stein darauf liegen.

„Liv!", ertönte da eine Stimme hinter ihr.

Schnell drehte sie sich um. Beim Anblick der Menschen vor sich, merkte sie, wie ihr Herz leichter wurde.

„Sascha, Liam! Ich bin so froh euch zu sehen!", rief das Mädchen strahlend.

Sie wollte auf sie zugehen, als
Sascha mit düsterer Stimme wissen
wollen: „Bist du dir da sicher?"
„Was meinst du?", vergewisserte
sich Liv, das Lächeln war ihr im
Gesicht eingefroren.
„Wieso genau freust du dich?",
wollte Liam mit düsterer Stimme
wissen. „Weil wir dir wieder
alles geradebiegen? Weil wir
schauen können, wie wir dich aus
der Patsche holen können?"
„Wovon redest du?", informierte
sich Liv mit dem Schmerz der
Trauer in der Brust.
„Ach Liv, komm schon!", begann
Sascha mit einer zerberstenden
Wut in der Stimme zu sprechen.
„Du hast dich doch früher schon
immer hinter mir versteckt, wenn
es brenzlich wurde."
Liv tauchten die Situationen vor
ihrem inneren Auge auf. Es
stimmte. Falls die Jungs sie

früher gehänselt hatten, hatte sie immer Schutz hinter Sascha gesucht. Diese hatte sich nie beschwert und Liv hatte jederzeit versucht mit anderen Gesten und Handlungen zu revanchieren.
„Und dann, als ob das nicht schon genug gewesen wäre, hast du mir Sam weggeschnappt", redete Sascha weiter mit einer Stimme, die sie eher herausspuckte, als sprach.
„Wie meinst du das?"
„Ich wollte ihn haben, mir hat er gefallen! Und wer bekommt ihn? Little Mrs. Angsthase!"
Liv sah Sascha schockiert an. Wieso redete sie bloß so? Diese große Wut kannte sie gar nicht von ihrer Freundin.
Das Krähen eines Raben riss Liv aus ihrer Starre. Sie blickte auf, konnte den Vogel jedoch nicht entdecken. Als sie erneut zu den beiden schaute, hatte sich

etwas verändert. Liv wollte die Sache trotzdem nicht auf sich beruhen lassen. Immerhin waren sie ihre zwei besten Freunde und ihr unglaublich wichtig.

„Sascha, ich wusste nicht, dass du auch an Sam interessiert warst. Es tut mir leid! Wieso hast du nicht mit mir darüber geredet? Wir sind doch beste Freundinnen", wollte Liv wissen.

„Beste Freundinnen? Vielleicht in deiner Welt! Außerdem hättest du mir wahrscheinlich ohnehin nicht richtig zugehört!", raunte Sascha beträchtlich wütend.

Ihre Freundin bekam etwas Bedrohliches an sich, das Liv noch nie an ihr gesehen hatte.

„Du hättest mich haben können", mischte sich nun auch Liam ein.

„Doch du hast lieber diesen Idioten gewollt. Wieso? Bin ich dir nicht genug?"

Liv schaute ihn erschrocken an.
„Liam, ich hab dich wirklich lieb, aber..."
„Aber du liebst mich nicht!", entgegnete er und klang dabei so traurig, dass es Liv beinahe das Herz zerriss.
Erst jetzt sah sie die Hände ihrer Freunde, die zu Fäusten geballt waren und zwar so fest, dass die Adern schon austraten. Sie bekam Angst vor den beiden. Vorsichtig schielte Liv hinter sich. Wenn die zwei gleich auf sie zustürmen würden, müsste sie flüchten. Erneut krächzte ein Rabe, der sich jedoch nicht zeigte. Liv hatte bereits begonnen, Schritt für Schritt in die Richtung eines Hauses zu gehen, das sich etwa zehn Meter zu ihrer Rechten befand.
„Willst du schon wieder flüchten?", fragte da Sascha

wütend. „Das ist ja schließlich das, was du am besten kannst!" Diese Worte durchzuckten Liv wie ein Blitz. Sie rannte los, flüchtete sich ins Haus, sperrte die Tür zu und hechtete die Treppe hoch. Im ersten Stock befand sich direkt geradeaus das Badezimmer. Zu ihrem Glück steckte der Schlüssel von innen und es war bloß ein sehr kleines Fenster vorhanden. Sie schob eine sich links von der Tür befindende Kommode vor die Tür, um sich sicherer zu fühlen. Erneut schloss sie die Augen, steckte die Zeigefinger in die Ohren und begann zu weinen. Die Tränen kullerten dick und nass über ihre Wangen. Sie hörte niemanden, bloß Stille. Dann erklang das Krähen erneut. Erst war es leise, anschließend wurde es immer aufdringlicher. Irgendwann

veränderte das Krähen sich, wurde zu einer Art menschlicher Stimme. Erst nach genauerem Hinhören verstand sie es. Die Sprachfärbung gehörte Lily. Sie rief ihren Namen, immer und immer wieder.
„Liv, wach bitte auf!", schrie sie nun erneut mit teils ängstlicher, teils trauriger Stimme. Liv konnte sie ganz deutlich schluchzen hören.
Zögernd öffnete Liv ihre Augen. Sie blickte sich um, sah jedoch nur, dass sie zurück in Sams Zimmer in der Anderswelt war. Einige Momente sah sie sich in dem Raum um. Alles war unverändert. Dann erst blickte sie zum Spiegel. Lily stand dicht an diesem. Ihre Augen waren stark verweint und gerötet.
„Oh mein Gott, Liv! Geht es dir gut?", fragte Lily hektisch.

Liv nickte, stand zaghaft auf, und ging zum Spiegel. Sie legte ihre Hand mit einigem Zögern auf das Spiegelglas. Die beiden Albträume hatten sie verunsichert. Warme Tränen liefen ihr die Wangen herunter, als sie realisierte, dass dies real und alles gut war.

Kapitel 15

Der Tag war bereits in den Nachmittagsstunden angelangt. Sascha, Liam und Lily waren losgezogen, um etwas zu Essen zu besorgen und anschließend Kim und TJ von der Bibliothek abzuholen. Sam war bei Liv geblieben. Es schien ihm zu unsicher, sie alleine zu lassen, da er Angst hatte, dass sie in einen weiteren Albtraum rutschte und ohne deren Hilfe nicht herausfinden würde. Es widerstrebte ihm ohnehin, dass er nichts für Liv tun konnte. Bloß bei ihr zu bleiben und ihr zuzuhören, waren für ihn keine zufriedenstellenden Hilfestellungen gegenüber Liv.
„Was geht dir durch den Kopf?", fragte Liv, die sehr feinfühlig für die kleinsten Veränderungen in der Stimmung ihrer Mitmenschen war, besorgt.

Liv hatte immer schon gemerkt, was in ihm vorging. Sobald Sam einen inneren Konflikt hatte, schienen in ihr die Alarmglocken loszugehen.

„Ich mache mir Sorgen", offenbarte er und musste seine Tränen mit viel Mühen herunterschlucken.

„Du musst dir keine Sorgen machen. Ich schaffe das schon", sprach Liv mit einer Stimme, die sie bewusst fester klingen lassen wollte, als es ihr sicher zu Mute war.

„Wir holen dich zurück. Ich verspreche es dir!", versicherte Sam selbstbewusst.

„Danke, ich...", weiter kam sie nicht.

Irgendetwas hatte sich um ihre Beine gewickelt und zog sie in Richtung Tür.

„Liv?", rief Sam panisch.

„Sam, hilf mir!", schrie und schluchzte Liv verzweifelt.
Sam, der die ganze Zeit auf dem Sofa gesessen hatte, sprang, als Liv vom Spiegel verschwunden war, zu selbigem. Er sah Liv nicht mehr, hielt seine Hand gegen das kalte Glas. Da rumste es laut. Sam blickte schockiert auf den Spiegel. Er sah auf der anderen Seite Holzteile splittern, dann gab es ein klirrendes Geräusch und alles war schwarz. Dem Anschein nach hatte ein Splitterstück das Glas zerschmettert.
„Liv, nein!", schrie Sam, rutschte erst mit der Hand vom Spiegel und sackte anschließend kraftlos in sich selbst zusammen. Schluchzend saß er auf dem Boden. Er war verzweifelt. Nun konnte er Liv nicht nur nicht helfen, obwohl sie nun in noch größerer

Gefahr schwebte, sondern hatte auch keine Möglichkeit mehr, mit ihr zu kommunizieren.

Kapitel 16

Liv erwachte mitten auf einer Wiese. Sie blickte sich um. Alles war hell, die warme Sonne schien ihr auf die Haut und ließ sie sich wohlig fühlen. Vögel zwitscherten, Schmetterlinge flatterten auf Blumen in den schönsten Farben herum.

„Ich bin zurück", freute sie sich in Gedanken.

Im nächsten Moment begann die Umgebung zu flackern, wie ein Film, der zwischen zwei Bildern hängengeblieben war. Von der sonnigen, farbenfrohen Lichtung switchte sie in die Anderswelt, auf eine unbefahrene Straße, inmitten trostloser Häuser. Nach einigen Wechseln blieb das Bild in der trostlosen Straße stehen.

„Natürlich!", dachte Liv und seufzte tief.

Die Jacke war verschwunden. Sie

fror. Mit verschränkten Armen lief sie die Straße entlang, auf der Suche nach Zuflucht in einem Gebäude. Das Mädchen rüttelte an den Haustüren, doch alle waren verschlossen. Erst das letzte Haus, an dessen Türklinke sie verzweifelt wackelte, war offen. Sie trat ein, sah sich um. Direkt vor ihr war eine Treppe, die ins Obergeschoss führte. Links und rechts befand sich jeweils eine Tür. Außerdem ging ein Flur rechts an der Treppe vorbei. Hinter der Tür, welche sich am Anfang des Flurs befand, hörte sie auf einmal Stimmen. Vorsichtig öffnete Liv die Tür, um zu schauen, was dahinter vor sich ging. Sie sah ein Wohnzimmer. Geradeaus befand sich ein Esstisch, der auf dem Teppichboden stand. Links um die Ecke, vor der Couch, saß eine

Gruppe von sechs Personen. Liv erkannte erst nicht, um wen es sich handelte, bis sie sich plötzlich schlagartig zu ihr umdrehten. Es waren Sam, Liam, Sascha, Lily, Kim und TJ.
„Sieh an, sieh an, wen haben wir denn da?", erkundigte sich Liam mit einem auf sie bedrohlich wirkenden Unterton.
Alle kamen auf sie zu. Liv drehte sich schnell um und wollte aus dem Haus rennen, doch die Haustür war plötzlich verschlossen. Panisch versuchte Liv in dem Raum, der sich hinter der anderen Tür befand, Sicherheit suchen, aber auch diese war verriegelt. Liv wollte sich umdrehen und die Treppe hochstürmen, als sie im nächsten Moment einen Druck an ihrem Oberarm spürte.
„Du bleibst schön hier!", flüsterte Sam ihr ins Ohr.

Liv wand sich hin und her, doch Sams Griff war zu stark. Unsanft zog und drückte er sie ins Wohnzimmer. Dort angekommen presste er sie recht brutal auf das Sofa. Liv traute sich nicht, dem Druck Sams etwas entgegenzusetzen.

„Was wollt ihr von mir?", fragte Liv verzweifelt, als alle vor dem Sofa standen und sie von oben bedrohlich ansahen.

Sie schwiegen sie an. Liv fühlte sich eher unbehaglich. Da ihr das Beäugen nach einiger Zeit unangenehm waren, senkte sie ihren Blick zu ihren Beinen. Sie verstand nicht, weshalb sie so waren, wie sie es jetzt waren. Normal kannte sie sie alle so anders. Natürlich gab es mal Streit oder dicke Luft, aber meistens hatten sie gemeinsam sehr harmonisch miteinander geredet. Erneut spürte sie schmerzhaft brennende Tränen ihre Wangen herunterlaufen. Damit keiner es sah, senkte sie ihren ohnehin tief gesunkenen Blick noch etwas tiefer. Nachdem die anderen weiterhin einige Momente vor ihr gestanden hatten, waren sie danach in alle vorhandenen Ecken des Wohnzimmers entschwunden. Liv hatte sich, als sie ihre Gefühle wieder im Griff hatte, ihre Füße hochgezogen und ihre angewinkelten Beine fest umklammert. Ein ungutes Gefühl breitete sich in ihr aus. Würde sie aus dieser Situation wieder heil herauskommen? War dies die Realität oder doch ein Albtraum? Aber es fühlte sich so furchtbar real an.

Kapitel 17

Kim und TJ traten aus der Bibliothek. Lily hatte Kim vor einigen Minuten angerufen und gemeint, dass sie sie abholen kämen, da sie sich gerne gemeinsam beraten wollten und etwas zu essen besorgt hatten. Hektisch kamen sie auf den Wagen von Sascha zu und stiegen ein. TJ war außer Puste, aber auch Kim schnaufte ziemlich. Beide wirkten sehr nervös.

„Was ist denn mit euch los?", erkundigte sich Lily, die die aufgewühlte Stimmung der beiden als erstes bemerkte.

Kim blickte zu ihr und begann zu grinsen.

„Ich glaube wir haben einen Weg gefunden, wie wir in die andere Welt kommen", entgegnete er strahlend.

Sascha fuhr fast in den Graben und rief aufgeregt: „Was? Wirklich?"

„Na los, erzähl!", sprach Lily nervös und schlug ihm leicht mit dem Handrücken auf den Oberarm. Kim begann zu berichten, was sie herausgefunden hatten. Die Augen der anderen wurden immer weiter und weiter. Sie lauschten gebannt.

Sam saß verzweifelt auf dem Boden vor dem Spiegel. Tränen liefen ihm in Strömen über die Wangen. Er war zusammengesunken wie ein Häufchen Elend. Sam bekam nicht einmal mit, dass alle die Tür hereinkamen. „Hey Sam, was ist denn los?", wollte Lily besorgt von ihm wissen und ging neben ihm in die Hocke.

Sam, der die anderen erst jetzt realisierte, blickte von einem zum anderen. Dann räusperte er sich und erzählte ihnen anschließend, was vorgefallen war. Die Augen seiner Freunde weiteten sich, je mehr er erzählte.

„Und jetzt kann ich nichts mehr tun. Die andere Seite ist schwarz", endete Sam und deutete mit dem ausgestreckten Arm auf den Spiegel, um seine Ausführung zu unterstreichen.

Alle starrten auf den Spiegel. Keiner sagte etwas. Dann meinte Kim: „Aber das ist doch gut. Überlegt doch mal. Liv hätte das Glas des Spiegels auf der anderen Seite einschlagen müssen, um das Portal zwischen den Welten zu öffnen. Jetzt, da sie verschleppt worden ist, wäre es ein Problem gewesen."

Alle lauschten der schon fast sachlich klingenden Beschreibung Kims. Sam dachte sich, dass er es

anders wohl nicht hätte erzählen können, da auch er eine große Zuneigung für Liv empfand.
„Ok, na dann los", sagte Sam, stand auf und wollte mit der Faust den Spiegel einschlagen.
„Stopp!", rief Kim. „Das Tor zur anderen Welt sollte nicht länger als nötig aufbleiben. Es kann leider immer wieder vorkommen, dass Wesen von der anderen in unsere Welt kommen. Um das so gut es geht zu vermeiden, sollten wir einen Plan machen, wie wir vorgehen und vielleicht auch schauen, was wir vielleicht in der Anderswelt brauchen."
Das klang für alle logisch und so überlegten sie, wie sie vorgehen würden. Da ihnen weder Waffen noch andere Kampfgerätschaften zur Verfügung standen, dachten sie über Alternativen zur Verteidigung nach.

„Wir sollten scharfe Küchenmesser mitnehmen, falls wir uns verteidigen müssen", warf Lily ein.

„Ich müsste zu Hause noch Feuerwerkskörper haben von letztem Silvester", meinte Liam und ergänzte, als ihm nur fragende Blicke entgegenkamen. „Habt ihr noch nie gelesen, was die Teile für einen Wumms haben, wie viele Leute sich da jährlich verletzen? Das sind die reinsten Waffen!"

„Na gut", ergriff Sascha das Wort. „Wir fahren zu dir, gehen die Feuerwerkskörper besorgen und etwas Verpflegung. Liv ist jetzt einige Tage in der Anderswelt und hat mit Sicherheit nicht gerade viel gegessen und getrunken!"

„Gut und wir suchen Messer, Schlaggerätschaften, Rucksäcke

und dergleichen zusammen", zählte Lily auf.
Somit teilte sich die Gruppe auf. Liam und Sascha fuhren die Erledigungen machen, während Lily, TJ, Kim und Sam im Haus nach brauchbaren Waffen suchten.
„Schaut mal, was ich gefunden habe", rief Lily begeistert mit einem Baseballschläger in der Hand. „Damit hauen wir sie um!" Sie schleuderte den Schläger, wie eine Keule, durch die Luft und hätte fast Sam erwischt, der sich ein Grinsen nicht verkneifen konnte und meinte: „Ja, aber knock mich bitte nicht aus, sondern die, die es wirklich verdient haben."
Lily wurde feuerrot im Gesicht, nahm augenblicklich den Schläger runter, legte ihn auf den Boden und murmelte verlegen: „Entschuldige!"

Sowohl die Schlagwaffe als auch diverse scharfe Messer und andere Gerätschaften zur Verteidigung, sowie Rucksäcke und Taschenlampen wurden gesammelt. Als Sascha und Liam kamen, staunten die anderen nicht schlecht.
„Hast du nicht etwas von ein paar Feuerwerkskörpern gesagt?", erkundigte sich Lily verwirrt.
„Ja, sind es doch auch", entgegnete Liam, während er und Sascha jeweils eine prall gefüllte Tasche zu den restlichen Sachen stellten.
Keiner sagte etwas. Stattdessen stopften sie ihre Rucksäcke voll mit den Materialien. Sam hatte den Baseballschläger fest umgriffen.
„Habt ihr alle eure Sachen? Kann ich den Spiegel zerbrechen?", fragte er in die Runde.

Als ein einheitliches Nicken folgte, nahm Sam den Schläger hoch und zerschmetterte den Spiegel. Als das gesamte Spiegelglas aus dem Rahmen entfernt war, ging Liam auf diesen zu. Er wollte den Rücken des Rahmens angreifen, doch er konnte keinen erreichen. Es war ein Hohlraum, in welchen ein Mensch passen würde.

„Okay", sprach Liam und nahm den Spiegel von der Halterung. „Dann schauen wir mal, ob dies wirklich ein Durchgang ist."

Liam ging in die Hocke, trat erst mit dem linken Bein in den Rahmen, stützte sich dann mit beiden Händen auf den Boden, passte auf, dass er sich nicht an den Spiegelscherben schnitt und zog das zweite Bein nach. Der Oberkörper folgte und er fiel. Allerdings war es nicht wie der

Fall von einer Erhöhung ins Ungewisse, sondern mehr wie das Rutschen auf einer endlos langen Wasserrutsche mit dem Unterschied, dass er trocken blieb. Als er unten ankam, landete er sehr unsanft auf seinem Hintern.
„Au!", rief er.
„Liam, was ist los?", erklang Sams Stimme aus dem Spiegel.
„Alles in Ordnung!", entgegnete er. „Meine Landung war nur etwas holprig."
Schnell nahm er den Rahmen vom Haken, um den anderen die Landung angenehmer zu machen.
„Ihr könnt kommen", rief er, als er die Scherben und Holzstücke so gut es ging, mit dem Fuß auf die Seite geschoben hatte.
Während die anderen nacheinander in der Anderswelt ankamen, sah Liam sich in dem Raum um, in dem

er gelandet war. Es sah aus wie Sams Zimmer, in dem sie sich zuvor aufgehalten hatten. Es wirkte dunkler, deprimierender. Die Farben schienen getrübt. Alles stand am selben Fleck wie in ihrer Welt. Bloß eins war anders. Die Tür zur Treppe war offen. Allerdings war sie nicht geöffnet. Sie schien gesprengt worden zu sein. Neben den Spiegelscherben und Holzteilen war auf dem Boden noch etwas Weißes. Es war ein Geflecht. Liam bückte sich herunter, nachdem das untere Teil seiner Taschenlampe, die er zuvor aus seinem Rucksack gezogen hatte, und tippte auf das Gewächs. Er hätte schwören können, dass ein kaum sichtbares Zucken von der Stelle, die Tür heraus ging.

„Okay", riss Sam Liam aus seinen Gedanken. „Wir sind vollzählig."

Liam trat zu den anderen. Sam,
der die Sprecherrolle der Gruppe
übernommen hatte, sagte: „So, was
ist unser Plan?"
Alle sahen sich gegenseitig an,
bis Sascha meinte: „Wir sollten
uns in zwei Gruppen aufteilen.
Die einen sollten auf den Spiegel
aufpassen, die anderen retten
Liv."
Ein allgemeines Nicken war die
Antwort.
„Und wer macht was?", fragte Lily
neugierig.
„Ich bleibe hier", warf TJ ein.
Er hoffte so in so wenig Gefahr
wie möglich zu geraten.
„Ich bleibe bei dir", entgegnete
Kim und stellte sich zu seinem
Freund, legte ihm die Hand auf
die Schulter.
„Liam, ich glaube es wäre gut,
wenn du bei ihnen bleiben
würdest", bat Sam.

„Was? Nein! Ich gehe mit, um Liv zu befreien!", empörte dieser sich.
Sam zog Liam von der Gruppe weg und senkte seine Stimme, um von ihnen nicht gehört zu werden.
„Liam, du kannst doch die Kids nicht alleine lassen! Sie brauchen jemanden, der auf sie aufpasst, sie beschützt!"
„Wieso kann Sascha nicht babysitten?", erkundigte sich Liam mit ihm fast entgleisender Stimme.
„Weil das zwei Jungs sind und die hören eher auf einen Mann", behauptete Sam, in der Hoffnung, dass er ihm glaubte.
Um ehrlich zu sein, war es ihm lieber, Sascha bei sich zu haben, da diese Livs Gefühle besser abfangen konnte als er. Er fand, er sei kein gefühlvoller Mensch und oft gelang es ihm nicht, wie

er selbst dachte, auf die Empfindungen anderer einzugehen. Seiner Meinung nach war er schlicht und einfach zu plump.
„Und...", setzte Liam erneut ein, sah den durchdringenden Blick von Sam und verstummte.
Er traute sich nicht, diesen zielstrebigen Mann zu fragen, wieso dieser nicht bei den Kids blieb. Sam würde nicht aufgeben, bis er Liv gefunden hatte, das sah Liam ihm an. Nachdem Liam, Kim und TJ Stellung vor dem zertrümmerten Spiegel bezogen hatten, mit dem Blick darauf, auf keine der Geflechte zu treten, machten sich auch die anderen auf den Weg, Liv zu suchen.

Kapitel 18

Sam, Sascha und Lily stiegen die Steintreppe zum Erdgeschoss hoch. Es gelang ihnen kaum, nicht auf die Geflechte zu treten. Sie blieben dicht nebeneinander vor dem Rahmen der Eingangstür stehen. Die Einzelteile der Tür lagen vor dem Haus verteilt.

„Ich hoffe, Liv ist nicht allzu schwer verletzt", mutmaßte Sam seufzend.

„Was meinst du?", wollte Lily mit einem leichten Anflug von Panik in der Stimme wissen.

„Ich habe euch doch erzählt, dass Liv von etwas weggeschleift wurde. Dabei wurde die Tür zerstört und ich vermute, dass sie durch Livs Körper zerstört wurde."

Sascha und Lily blickten erst sich gegenseitig und dann Sam mit weit aufgerissenen Augen an.

„Glaubst du, sie ist sehr schwer verletzt?", erkundigte sich Lily traurig.
„Ich hoffe nicht", entgegnete Sascha und drückte das Mädchen fest an sich. Sie wollte nicht daran denken, dass dieses Etwas, das sich aus den Geflechten entwickelt hatte, ihrer Freundin Leid zugefügt hatte.
„Kommt, wir müssen los", befahl Sam und machte die ersten Schritte aus dem Haus.
Die beiden folgten ihm. Sie blieben dicht beisammen. Sam, der die Gruppe anführte, ging hinter den Geflechten her, die am kräftigsten wirkten, da diese offenbar die beste Nährstoffquelle besiedelten.
„Liv?", schrie er und hatte Mühe dabei seine Stimme nicht brechen zu lassen.
Sie riefen immer wieder, schauten

nach Spuren, die auf Liv hindeuteten, doch fanden zunächst nichts.

„Da!", rief Lily auf einmal aufgeregt und bückte sich. Sie hatte einen Stofffetzen gefunden, den sie aufheben wollte.

„Vorsicht!", meinte Sascha und zog Lily von dem Geflecht weg, welches versucht hatte, ihre Hand zu fesseln.

Sam nahm ein Messer und schlug auf das System ein.

Augenblicklich wich es an der Stelle etwas zurück. Sam hob den Fetzen auf und erstarrte.

„Sam, was ist?", wollte Sascha mit zitternder Stimme wissen.

Sam hielt ihr den Stofffetzen mit Fingern, die so zitterten wie Sascha Aussprache, vor die Nase.

„Dieser Fetzen ist ein Teil meiner Jeansjacke. Liv hatte sie an, bevor sie weggeschleift wurde."

Lily wurde nervös.

„Worauf warten wir dann noch? Sie war hier", brüllte sie und wollte losstürmen, doch Sascha hielt sie zurück.

„Warte!", sprach diese beschwichtigend.

„Was?", fauchte Lily sie an.

„Wir wissen nicht, was uns erwartet. Wir müssen vorsichtig sein!"

Lily starrte Sascha mit Tränen in den Augen an. Dann begann sie zu schluchzen: „Ich will sie zurück!"

Sascha drückte sie fest an sich und wisperte: „Wir werden sie finden."

Sam blickte zu Sascha und sah ihr an, dass sie keinesfalls so sicher war, wie sie sich anhörte.

„Wir sollten wieder gehen",

wandte Sascha ein und blickte Sam mit Tränen in den Augen an.
Sam nickte und sie machten sich auf den Weg. Da erklang plötzlich ein leises Krähen. Alle drei blieben stehen und sahen sich um.
„War das ein Rabe?", fragte Lily nervös, stieg von einem auf das andere Bein.
„Ich glaube schon", entgegnete Sascha mit einer ebenso zittrigen Stimme.
Sie verharrten noch eine kurze Zeit an eben dieser Stelle, doch sie konnten kein Lebewesen sehen.
„Kommt", murmelte Sam sehr leise. „Wir sollten weiter gehen und Liv finden!"

Kapitel 19

Liv saß immer noch auf der Couch. Inzwischen hatte sie ihre Beine gesenkt und den Kopf in die Hände der angewinkelten Arme gestützt. Die Tränen waren geronnen, die Wangen mit dem Salz getrockneter Tränenflüssigkeit verklebt. Keiner kümmerte sich um sie und ihr war es recht egal, was nun mit ihr geschah. Sie hatte den letzten Tropfen Hoffnung verloren. Plötzlich hörte sie etwas. Sie hörte genauer hin und da war es, das Krähen. Liv wusste nicht weshalb, aber dieses Krächzen weckte neue Hoffnung in ihr.

„Okay, Liv!", sagte sie sich. *„Du kannst dich jetzt hier deinem Schicksal ergeben oder dich wehren und entkommen. Du schafft das!"*

So unauffällig, wie es ihr möglich war, schaute sie vor sich. Sie saß vor einem kleinen Wohnzimmertisch. Auf dem stand und lagen die verschiedensten Dinge. Neben einigen Snacktüten und Müllschnipseln befand sich dort eine volle Sprudelflasche aus Glas. Sie drehte nacheinander unauffällig den Kopf etwas zu ihren Schultern, um zu sehen, was die Personen, die so aussahen wie ihre Freunde, machten. Keiner blickte zu ihr. Lily und die Jungs standen neben dem Esstisch. Sie würden, wenn sie linksherum fliehen würde, erst um den kompletten Tisch müssen. Sam und Liam saßen ebenfalls in der rechten Ecke am Esstisch. Sie hatte keine Ahnung, was sie vorhatten, aber sie beschloss, die Flucht zu versuchen.

„Du darfst nicht zögern, sie auszuschalten", tadelte sie sich selbst. *„Es sind nicht deine Freunde, es sind irgendwelche Menschen, die dich täuschen wollen!"*
Eben dies sagte sie sich innerlich einige Male, bis sie sich genug Mut zugesprochen hatte. Dann musste alles schnell gehen. Sie sprang auf, schnappte sich die Flasche und stürmte zur Wohnzimmertür.
„Nicht so schnell!", rief die falsche Sascha und Liv schlug ihr beherzt das Gefäß gegen die Schläfe. Dann riss sie den Schlüssel aus dem Türschloss, zog die Tür hinter sich zu und sperrte sie ab.
„Mach auf!", befahl der falsche Sam und rüttelte an der Tür.
Sie hatte Angst, dass das Schloss nicht lange standhielt. Erneut

sah sie sich im Vorraum um und entdeckte links neben der Haustür den Schlüssel, der an einem Nagel an der Wand hing. Schnell und mit der vollen Wasserflasche unterm Arm öffnete sie die Tür. Ohne sich noch einmal umzudrehen, stürmte sie aus dem Haus. Im nächsten Moment war alles um sie herum weiß. Sie fiel und schrie und dann schlug sie die Augen auf.

„Es war alles nur eine schlimme Halluzination gewesen", dachte sie und wollte von der kalten Straße aufstehen, auf der sie lag, doch sie konnte sich nicht bewegen. So gut es ging, schaute sie nach unten. Ihr gesamter Körper war übersäht mit dem weichen Geflecht. Sie versuchte, sich zu befreien, doch es funktionierte nicht.

„Hilfe!", rief sie mit gebrochener Stimme.
Ihr Hals war trocken und der Brustkorb abgeschnürt. Das Atmen fiel ihr schwer. Da erklang ein lautes Krächzen. Liv sah einen großen, schwarzen Raben vom Himmel stürzen. Er begann die Geflechte mit dem Schnabel zu zerhacken. Dabei achtete er ganz genau darauf, dass er Liv nicht verletzte.
Als er ihre Hand frei gelegt hatte, begann sie sich ebenfalls zu befreien. Teile des Geflechts hatten sich an ihrem Körper festgesaugt. Diese abzureißen schmerzte.
Nach einer schieren Ewigkeit hatte Liv sich befreit und sprang so schnell sie konnte aus der Mitte der Geflechte. Sie spürte ihre Kraftlosigkeit, riss sich jedoch zusammen. Ihr rechtes Bein

schmerzte beim Auftreten. An diesem hatte das System sie aus dem Haus geschleift. Die Tränen traten ihr in die Augen. Doch darauf konnte sie nun keine Rücksicht nehmen, sie musste zurück zu Sams Haus, aber wo war dieses?

Der Rabe, der ihr zuvor so geholfen hatte, nahm auf ihrer Schulter Platz, erneut bedacht, sie nicht zu verletzen. Liv erinnerte sich an das, was sie über Raben gelesen hatte. Die Tiere waren intelligent und konnten treue Gefährten sein.

„Versuch doch dein Glück!", redete sie sich selbst Mut zu. „Kannst du mir vielleicht helfen? Ich muss zu dem Haus, aus dem ich geschleift worden bin. Weißt du, welches ich meine?", fragte sie den prächtigen Vogel und kam sich etwas dumm dabei vor, dachte

jedoch daran, dass ihre Freundin Sascha ja auch immer mit ihrer Katze redete.
Der Rabe schien sie zu verstehen. Es sah so aus, als würde er nicken, um sein Verstehen zu zeigen und stieg dann krächzend in die Lüfte. Er flog einen Kreis und schien ihr signalisieren zu wollen, dass sie ihm folgen sollte. Das tat Liv dann auch. So schnell sie konnte, ging sie hinter dem Raben her, der immer wieder zu sah, ob sie hinterherkam und sein Tempo dem ihren anpasste.

Kapitel 20

Sam, Sascha und Lily bahnten sich ihren Weg durch die Straßen der Anderswelt. Sam ging voraus, brannte immer wieder mithilfe eines Deo-Sprays und eines Feuerzeugs die Geflechte ab, um sich einen Weg zu bahnen. Das Gewächs schien kaum merklich zu reagieren und die Flucht vor den Flammen anzutreten. Hierzu sagte keiner etwas, da sie zu konzentriert die Umgebung beobachteten und immer wieder Livs Namen riefen. Da erblickte Sam plötzlich etwas in der Ferne. Er blieb abrupt stehen. Sascha und Lily, die sich links und rechts nach Liv umgeschaut hatten, rannten fast in Sam hinein.

„Was ist?", fragte Sascha aufgeregt.

„Da!", rief Sam, zeigte in die Richtung, in der er die Person sah und lief los.
Sascha und Lily, die inzwischen auch erkannt hatten, was oder besser wer sich in der Entfernung nährte, rannten ebenfalls los.
Liv sah drei Gestalten auf sich zukommen. Als sie näherkamen, erkannte sie, dass es Sascha, Lily und Sam waren, und blieb stehen. Als sie nah genug waren, um sie zu hören, rief sie energisch: „Stopp!"
„Liv, wir sind's!", sagte Sam, blieb allerdings, wie ihm befohlen, stehen.
„Beweist es!", befahl sie mit immer noch heiserer Stimme.
„Wie?", fragte Sam.
Liv dachte nach und wollte dann wissen: „Wer von euch hat bei der ersten Suche im Internet Hinweise

gefunden?", fragte Liv, nachdem sie kurzem überlegt hat.
„Niemand!", antwortete Lily. „Das Internet war ausgefallen und wir waren in der Bibliothek. Dort haben wir bei der ersten Suche nichts herausgefunden, aber bei der zweiten Recherche haben Kim und TJ herausgefunden, dass es einen Weg durch den Spiegel gibt. Ich war bei dir."
Liv rannen die Tränen über die Wangen. Sie humpelte vor und ließ sich in Sams Arme fallen.
„Ihr habt mich gefunden", schluchzte sie.
„Ich hab's dir versprochen", entgegnete Sam. Er nahm Liv kurzerhand hoch und sagte: „Wir müssen los, die anderen bewachen den Durchgang!"
Sie machten sich im Laufschritt auf den Weg zu Sams Hauskopie. Dort angekommen, war keine Zeit

zur Wiedersehensfreude. Schnell stiegen sie einer nach dem anderen durch den Spiegel. Erst ging Liam, um Liv zu fangen, dann schickten sie diese, begleitet von dem Raben, der den gesamten Rückweg in ihrer Nähe verbracht hatte. Danach rutschte einer nach dem anderen durch das Portal. Liam schnappte sich, als alle wieder zurück waren, den Rahmen des Spiegels und zerschmetterte ihn.
„Ich gehe die Einzelteile verbrennen, dass wirklich nichts mehr durch das Portal kommen kann", sagte Kim und schnappte sich ein Teil.
Liam, TJ, Lily und Sascha taten es ihm gleich.
„Ich bin froh, wieder hier zu sein, es war so schlimm dort", sagte Liv zu Sam, als sie alleine waren.

„Was hältst du davon, wenn du erst einmal heiß duschst und dich dann hinlegst?", fragte Sam leise.

Liv nickte. Im Bad war der Spiegel bereits von der Wand abgenommen. Sie ging unter die Brause und legte sich anschließend in Sams Shirt gekleidet in dessen Bett. Der Rabe, ihr Beschützer, blieb an ihrer Seite. Es war das erste Mal, dass sie keine Angst davor hatte, einzuschlafen. Sie war in Sicherheit und umgeben von ihrem Behüter und Menschen, die sie liebten.

© 2023 Lara Gorny
Herstellung und Verlag:
BoD – Books on Demand, Norderstedt
ISBN: 9783734788482